핑 스킬
매 핑
〔지도화〕를
손에 넣은 소년은
최강 파티와 함께
던전에 도전한다
카모노 우동
don Kamono
7
시즈키 히토미
litomi Shizuki

꽝 스킬 〔지도화(매핑)〕를 손에 넣은 소년은 최강 파티와 함께 던전에 도전한다

7

카모노 우동 지음

시즈키 히토미 일러스트

이경인 옮김

『어라이버즈』의 새로운 동료

금은, 마도구, 지혜. 지상에서는 손에 넣을 수 없는 수많은 보물을 감추고 있는 폐쇄 공간, 던전.

최심부까지 도달한 사람이 아무도 없는 그 미개척지는, 사람들을 흥미라는 보이지 않는 힘으로 끌어당긴다.

꿈이나 희망, 또는 욕망이나 타산 등등. 모험가들은 대소(大小), 공사(公私)를 불문한 다양한 이유로 던전에 도전한다.

그런 던전 공략을 꿈꾸는 무수한 모험가들 가운데서, 일찍이 가장 위업에 가까웠다고 불리던 파티 중 하나가 내가 소속된 『어라이버즈(도달하는 자)』였다.

그러나 멤버인 진의 죽음을 계기로 파티는 붕괴.

가까스로 재결성하기는 했지만, 여전히 파티 멤버가 한 명 부족하다는 상황에 골머리를 썩이고 있었다.

그러던 와중, 포학 왕녀라 불리는 레이파와 한바탕 충돌.

목 베는 자의 힘을 빌려서 분쟁을 해결할 수 있었지만, 이번에는 소꿉친구 미야가 레이파의 파티에 들어가게 되어 여러모로 파란이 일어났고.

길거리에 나앉게 된 레이파의 시종, 소피를 『어라이버즈』에 가입시키기로 한 것이 바로 조금 전에 있었던 일이다.

드디어 파티 멤버도 모였고, 던전 공략을 향해 전진—.

“모두의 마음은 이해해요. 응, 네. 불평하고 싶어지는 것도 당연하겠죠…….”

—할 수는 없었다. 이야기가 술술 잘 풀릴 리가 없는 것이다. 여느 때처럼 문제에 직면하고 있는 것이 현재 상황이었다.

“또 멋대로 이야기를 진행하다니. 적어도 상담 한마디 정도는 해도 되지 않았어?”

에린이 분노와 어이없음이 절반씩 섞인 한숨을 내쉬었다.

그녀의 말은 뼈저리게 이해한다. 내가 반대 입장이었어도 똑같이 불평했을 테니까.

그럼, 어째서 에린이 불만을 가지고 있는가. 그건 간단하다.

“미안. 그러니까 지금 상담하려고 하는 거라고나 할까……. 네. 완전히 사후 보고입니다. 죄송합니다. 멋대로 소피를 가입시키겠다고 결정한 건 미안하게 생각하고 있습니다.”

파티 멤버라는 중대한 결정 사항을 독단으로 정해버린 것에 대한 질책이었다.

화나는 게 당연하다. 『어라이버즈』는 진을 포함한 6인 파티였다.

그걸 리더도 아닌 내가 멋대로 「새로운 멤버입니다」라며, 게다가 적대하던 인물을 소개하기 시작했으니까. 반감을 사지 않는 게 이상하다.

일단 고개를 숙이며 반성의 뜻을 보였지만, 후회는 하지 않는다.

소피를 권유할 수 있는 건 그 순간밖에 없었다.

레이파에게 거절당하고 갈 곳을 잃은 그녀. 그런 그녀를 제지하고 일행들에게 상담할 여유는 없었다.

그 기회를 놓쳤다면 그녀는 어딘가로 사라져 버렸을 거다. 최선의 타이밍을 호락호락 놓치는 선택지를 고를 수 있을 리가 없었다.

"이번만큼은 에린 씨의 편을 들겠어요. 노트가 독단으로 움직인 건, 이번이 두 번째니까요."

로즈리아가 한 말은, 레이파와의 소동을 해결한 일에 관해서겠지.

목 베는 자의 정체를 동료에게 밝힐 수가 없었기에, 레이파와의 소동은 일행들에게 상담하지 않고 혼자서 해결하고 말았다.

그때는 처음 있는 일이어서 용서했지만, 두 번째라면 이야기는 다르다. 게다가 새로운 멤버를 독단으로 정했다면 이야기가 또 달라진다.

"미안하게 생각한다니까."

"전혀 믿을 수가 없는데요……."

"역시 로즈리아도 그렇게 생각하는 거지?"

"네. 어차피 노트라면 또 혼자서 내달리겠죠."

"정말로 반성한다니까."

평소에는 적대하는 두 사람이 협력하니까 왠지 더 무섭게 느껴진단 말이지……. 나라는 공통의 적을 발견하게 되어 손을 잡게 된 상황이다.

"반대하는 사람이 있다면 딱히 억지로 가입시키지 않아도……. 내가 나가면 되는 거니까……."

조금 전까지 입을 다물고 있던 소피가 연약한 목소리로 중얼거렸다.

레이파에게서 짐을 받아와서 직접 파티 하우스로 돌아왔지만, 여전히 그녀는 의기소침한 상태다.

레이파 아래에 있을 때의 드센 그녀는 종적을 감췄고, 마치 이쪽이야말로 그녀의 본성이라는 듯한 행동거지다.

나약한 소피는 에린과 로즈리아의 반대에 직면하자 빠르게도 『어라이버즈』를 떠나려 하고 있었다.

"자자, 그런 말은 하지 말라고요! 우리 파티에는 소피 씨의 힘이 필요하니까."

"전혀 환영받지 않고 있는 것 같은데……."

"저건 그냥 해보는 말이에요. 에린도 로즈리아도 대환영이지?"

"나는 반대야. 그 왕녀 아래에 있던 기사 아냐? 믿을 수가 없잖아."

"저도 반대네요. 네메 씨를 납치하거나, 노트를 납치하기도 해서 좋은 인상이 없고요."

"저렇게 말하는데……."

소피가 곤혹스러운 표정을 지으며 중얼거렸다.

마음은 이해하지만, 여기서는 분위기를 읽어줬으면 좋겠다.

소피는 생각보다 훨씬 섬세한 사람이다. 충성을 맹세한 주인에게 버림받은 지금은 특히나 더.

주의해서 말을 고르지 않으면 어떻게 망가질지 알 수 없는 위태로움을 느끼고 있었다.

"소피 씨도 반성하고 있잖아요? 습격한 일이라든가."

"그건 뭐……."

"자, 반성하고 있다고 하잖아."

"그럼 제가 질문할게요. 만약 왕녀님이 노트의 목을 가져오라고 하면 지금도 습격할 건가요?"

"레이파 전하의 명령이라면."

"이 사람 전혀 반성하지 않고 있잖아요!"

이봐. 레이파 전하의 명령이라면, 이라고 하면 안 되잖아! 즉답하지 말라고, 즉답을.

소피가 레이파에게 가진 충성심은 알고 있었지만, 적어도 지금만큼은 거짓말이라도 좋으니 부정했으면 했다.

"포스 씨는 어떤가요? 아까부터 침묵하고 있는데."

곤란해진 나는 일단 포스에게 도움을 요청했다.

일단 『어라이버즈』의 리더이니만큼, 그의 의견은 다른 멤버와는 일선을 긋는다.

포스가 찬성한다면 흐름이 바뀔지도 모르고, 반대한다면 나도 소피를 가입시키는 걸 다시 고려해야만 한다.

"나는 강하다면 상관없어. 그 녀석이 『어라이버즈』에 들어와서 던전 제패에 가까워진다면 적이든 악인이든 대환영이야."

"나는 약해. 미야라는 모험가에게 지기만 했고……."

"미야라면 그 노트의 소꿉친구 말이냐? 그 녀석에게 진다면 기대할 수 없겠는데."

"포스 씨의 감각이 어긋났을 뿐이고, 미야는 평범하게 강하거든요."

미야는 이 나라에서도 톱 클래스의 실력을 가진 모험가다.

실력을 숨기고 있었는지라 지명도는 낮지만, 스킬만 보면 파격적인 수준이다.

뭐, 포스는 미야 이상으로 강하니까 그렇게 생각하겠지만.

"네메 누나는 어떤가요?"

어차피 반대할 것 같았지만, 일단 네메에게도 물어봤다.

네메는 소피에게 유괴당한 장본인이다. 감금당한 호텔에서는 그리 가혹한 대우는 받지 않았다고 하지만, 그래도 자신을 납치한 사람이 파티에 들어온다면 기분이 좋지 않겠지.

"네메는 반대하지 않는 거예요. 노트가 데려왔으니까 믿을 수 있는 거예요. 빨리 던전에도 들어가고 싶으니, 대환영이에요!"

"네메 누나!"

"노트, 괴로워요!"

기쁜 나머지 힘껏 끌어안고 말았다.

왜냐하면, 쓸쓸했으니까. 다들 반대해서. 동료가 없는 건가 했는데 이런 곳에서 원호를 받게 될 줄이야.

역시 믿을 수 있는 건 네메뿐이다. 『어라이버즈』에 처음 들어와서 붕 떠 있던 나에게 제일가는 말 상대가 되어준 것도 그녀였다.

나에게는 네메밖에 없다. 가장 처음에 네메에게 이야기를 해봤어야 했다.

"좋겠다아. 안기다니. 나도 찬성파로 옮길까……."

"에린 씨. 뭘 태연하게 배신하려는 건가요. 잘못 봤어요."

뒤에서 뭐라 말하는 두 사람은 무시하기로 했다.

어째서 동료끼리 싸우는 거야. 손을 잡은 한순간 정도는 사이좋게 지내라고.

"일단 찬성 두 표, 반대 두 표. 그리고 중립인 내가 한 표인 건가."

복잡해지기 시작한 자리를 포스가 정리했다.

뭔가 본 적이 있는 대화다. 확실히 로즈리아가 가입했을 때도 이런 느낌이었던 것 같다.

그때는 확실히 나와 포스가 찬성이고 에린과 네메가 반대, 진이 중립이었던 기억이 있다.

"그렇다면 또 그걸로 정할까요."

"나도 그걸 말하려고 하던 참이야."

아무래도 나와 포스의 의견이 일치한 모양이다. 시선만으로도 서로가 생각하는 게 똑같다는 걸 알 수 있었다.

"그거라니? 우리 파티에 그런 의견 정하는 법이 있었어?"

아무것도 알아채지 못한 에린을 향해 포스가 말했다.

"그거야 그거. 던전 공략 파티니까 방식은 뻔하잖아?"

"혹시—."

에린이 말을 끝맺기 전에, 포스가 그 말을 입에 담았다.

"던전 탐색이지."

*

예전에 로즈리아 가입안이 올라왔을 때, 『어라이버즈』는 던전 탐색에서 로즈리아의 실력을 알아보고 파티에 넣을지 말지 정했다.

이번에도 똑같은 방식으로 소피 가입 결의안을 정하게 되었다. 소피의 몸 상태가 낫고 나서, 6인으로 던전 탐색을 나섰다.

현재 『어라이버즈』가 찾아온 곳은 던전 5계층이다. 이 계층을 찾아온 건 오랜만인 건 아니었고, 굳이 따지자면 아직 기억에 생생한 편이다.

5계층은 나와 로즈리아가 동료 재집결을 꾀할 때 『최강무

적 파티즈』의 나쿠토 일행이 가르침을 구해와서 들어온 적이 있는 황야 계층이다.

아무래도 소피는 이미 레이파 일행과 5계층까지는 공략했다고 한다.

원래 『어라이버즈』에게는 적수가 되지 않는 계층이지만, 소피의 진도에 맞춘 결과 이 계층에서 역량을 알아보기로 했다.

이 계층에 나오는 몬스터는 기본적인 것들뿐이다. 짐승형이나 새형, 인간형 등 지상에서도 볼 수 있는 몬스터의 온퍼레이드.

물론 몬스터는 지상에 있는 것들보다 훨씬 강력하지만, 변칙을 쓰는 상대는 없으니 물량만 조심하면 그리 고전할 일은 없다.

그렇건만, 정작 소피는 어땠느냐면—.

"아마, 무리. 나는 모두의 기대에 부응할 수 없어."

시작하기도 전부터 무척이나 연약한 모습이었다.

사고가 네거티브라고나 할까, 뭐랄까. 레이파라는 의존 대상이 없는 것만으로도 이렇게나 사람이 달라지는 건가.

미야에게 자신감이 박살난 것도 관계가 있겠지만, 이런 상태라면 보고 있는 이쪽까지 불안해진다.

"이 사람 괜찮은 거야? 도저히 『어라이버즈』에서 해나갈 수 있을 것 같지 않은데……."

에린도 불안한 듯 소피를 바라보고 있다. 추천한 나까지 불안해지는 마당이니 제삼자가 걱정하는 것도 당연하다면 당연하다.

"아마도……."

소피와는 실제로 싸운 적이 두 번 있고, 《색적》에 의한 위협도 판정도 있다.

소피의 실력이 어지간한 모험가보다 훨씬 강하다는 건 알지만, 나머지는 그 실력을 어디까지 발휘할 수 있을지에 달렸다.

"배틀 스타일(전투직)은 기사잖아? 혼자서 싸우게 하면 되지 않나?"

기사는 비교적 밸런스 좋은 배틀 스타일이다. 공격, 방어 모두를 특기로 삼고, 성기사처럼 회복이 가능한 건 아니지만 개인 전투에 우수한 능력을 보유하고 있을 터이다.

새로운 멤버가 마도사 같은 후위직이라면 탱커로 로즈리아가 참전했겠지만, 전위인 소피라면 솔로로 싸워도 문제없을 거다.

"응."

"그럼 위험해지더라도 우리는 도와주지 않을 거야."

"아아, 나는 여기서 죽을 운명이구나. 좋은 추억은 없었네……."

"아니, 위험해지면 도와주기는 하자. 그리고 소피 씨는 죽음을 받아들이지 마요."

이대로 이야기만 해봤자 끝이 없을 것 같았기에 바로 전투에 들어가기로 하자.

《색적》을 발동해 몬스터를 찾았다. 대지는 광대하지만 몬스터는 잔뜩 있기에 금방 찾았다.

단독으로 달려가서 《살기》로 몬스터의 주의를 끌었다. 이제는 몬스터가 다가오는 스피드에 맞춰서 동료에게 끌어들이기만 하면 된다.

일행이 보이는 거리까지 다가가서 몸짓 손짓으로 신호를 줬다.

소피도 알아들은 모양이다. 내가 끌고 온 몬스터를 쓰러뜨리면 된다는 것을.

그녀는 나와 스쳐 지나가면서 허리에 찬 레이피어를 뽑았다. 그대로 몬스터에게 일직선으로 달려갔다.

"《육연 자돌》!"

일찍이 나에게 쓴 적이 있던 연격 아츠, 그걸 사냥개형 몬스터에게 꽂아 넣었다.

양팔과 두 눈에 일격, 코에 2격으로 조준하여 날린 은색 칼날. 검격을 모두 꽂아 넣고는 사냥개의 돌격을 그대로 오른쪽으로 흘려버렸다.

기세를 죽이지 않고 지면에 슬라이딩하는 사냥개. 큰 대미지를 입었지만 가까스로 목숨은 건진 모양이다.

마지막 생명의 등불을 태우다가 안간힘을 써서 울음소리

를 내질렀다.

주변에서 적의 반응이 늘어난다. 이 계층의 특징인 연전의 막이 올라가는 신호다.

차례차례 몰려오는 몬스터. 그 기척을 소피도 느낀 모양이었다.

"잔뜩 오고 있는데……."

"전부 쓰러뜨려 주세요."

"전부……."

가뜩이나 빛이 없었던 눈동자가 더욱 어두워졌다.

이 정도로 우는소리를 하면 곤란하다. 『어라이버즈』는 전인미답의 던전 제패를 달성해야 하는 파티다. 5계층 몬스터 따위는 몇 마리라도 쓸어버릴 정도의 실력이 필요하다.

"하아……."

크게 한숨을 내쉰 소피는 레이피어를 다시 잡았다. 근처에 쓰러져 있던 빈사의 사냥개에게 칼날을 꽂아서 마무리를 지었다.

"최대한 해볼게."

그리고 다가오는 몬스터를 타깃으로 잡고 고속의 찌르기를 날렸다.

"다음!"

두 마리, 세 마리 계속해서 없애버리자, 이번에는 하늘에서 몬스터가 다가왔다.

새형의 비행 몬스터다. 매를 닮은 그 몬스터는 날카로운 발톱으로 소피를 덮쳤다.

"흡!"

찌르기 한 방. 매의 복부에 박혔지만, 놈이 직전에 몸을 틀어서 직격하지는 않았다. 매는 그대로 선회하며 다시 소피에게 향했다.

"짜증 나."

그렇게 말하더니, 이번에는 레이피어를 지면에 꽂아서 매의 돌격을 노 가드로 맞았다. 발톱은 소피의 안면에 힘차게 틀어박혔다.

"소피 씨!"

완전히 직격이다. 로즈리아가 저도 모르게 말을 걸었다. 그러나 소피는 그대로 매의 다리를 붙잡더니 있는 힘껏 지면에 내리꽂았다.

지면에 꽂아둔 레이피어를 뽑아서, 이번에는 매에게 찔러 넣었다.

"이 정도는 괜찮으니까."

그렇게 말한 소피의 얼굴에 이변은 보이지 않았다. 피는 물론이거니와 상처 하나 없었다.

"이건……."

놀라는 일동에게 소피가 말했다.

"【철벽】 스킬을 가지고 있으니까. 이 정도의 공격으로는 나에게 대미지를 줄 수 없어."

이쪽을 향해 말하는 동안에도 차례차례 소피에게 다가온 몬스터가 공격을 가했다.

그런 공격을 모두 대처하지 않고 서 있지만, 다치기는커녕 아파하는 모습조차 보이지 않는다.

문득 소피가 비 오는 날 습격해 왔던 때가 떠올랐다.

그때 나는 습격한 소피를 향해 몇 번이고 《장저(샷)》를 날렸다. 그러나 몇 방을 날렸는데도 대미지를 준 감촉이 없었고, 그저 충격으로 몸을 젖히기만 할 뿐이었다.

그건 소피의 스킬이 내 공격에 의한 대미지를 막아내고 있었던 건가.

나의 아츠가 허접했던 건가 해서 조금 걱정되기도 했었지만, 겨우 납득이 갔다.

소피에게 공격이 통하지 않는다는 걸 알았는지, 몬스터들은 공격을 멈추고 거리를 벌리려 했다.

곧바로 소피가 멈춰버린 몬스터를 토벌해 나갔고, 숫자는 점점 줄어들었다.

"안정감이 있는데……."

포스가 그렇게 중얼거린 것도 무리는 아니다. 『어라이버즈』는 상당히 공격적인 파티였다.

포스나 진은 말할 것도 없고, 마도사인 에린도 순수한 어태커다.

로즈리아도 탱커를 맡고 있지만, 그녀의 진가는 성검 플룩투스에 있다. 굳이 따지자면 파티에 맞춰서 억지로 익숙하지 않은 싸움을 강요당하고 있다는 점을 부정할 수 없다.

거기서 나타난 방어 주체인 소피라는 존재. 공격력은 같은 검을 사용하는 포스에게는 압도적으로 미치지 못하지만, 수많은 몬스터의 공격을 멀쩡하게 받아내는 그녀의 존재는 충분히 귀중하게 여길 만하다.

그리고 그녀에게는 또 하나의 스킬이 있었던 모양이다.

“《수성(프론테)의 정령, 대지(티에라)를 사용해, 감옥(카르셀)을 생성》.”

그 말을 듣자마자 곧바로 정령술을 사용했다는 걸 알 수 있었다.

소피에게서 도망치려던 몬스터들은 순식간에 지면에서 생성된 바위 감옥에 갇혀버렸다.

움직이지 못하는 사이 하나씩 소피에게 베여나간다.

“정령술?”

에린의 질문에 소피가 대답했다.

“응. 대지 속성만이라면 쓸 수 있어.”

전위직에 정령술 스킬, 매우 상성이 좋은 구성이다.

정령술은 마법에 비하면 주변 환경에 영향을 받기 쉽고, 응용성과 만능성이 낮다는 결점이 있다.

그러나 실제로 스펠 효과를 나타내는 술식을 짜는 건 계약한 정령 자신이다. 술자는 정령에게 지시를 내리고, 마력을 제공하는 것에 불과하다.

그러니 검을 휘두르는 등의 다른 동작을 병행하면서 스펠을 날리기 쉽고, 마법처럼 술식에 대한 자세한 지식은 요구되지 않는다.

정령술도 마법도 양자 모두 저마다 이점이 있지만, 정령술의 혜택을 더 받을 수 있는 건 전위직이다.

"어떤가요? 포스 씨."

"실력만 보면 괜찮네."

포스가 인정하는 것도 납득할 수 있다. 소피는 기대 이상의 인물이라는 게 판명되었다.

최소한의 실력을 겸비하고 있다는 건, 그 『최강무적 파티즈』가 고전했던 5계층을 단신으로 어려움 없이 처리하는 점만 봐도 알 수 있다.

무엇보다 소피의 가장 큰 장점은 파티의 부족한 구멍을 완벽하게 메꿔준다는 점이다.

소피가 탱커로 들어오면 공격력이 올라간 에린을 더더욱 어태커 쪽으로 밀어줄 수 있고, 로즈리아를 어태커로 돌릴 수 있을지도 모른다.

그리고 그녀에게는 【고위 감정】이라는 또 하나의 스킬이 있다. 인물의 스킬조차 간파할 정도의 감정계 스킬이라면, 21계층 같은 첫 번째 공략자를 저격하는 식의 계층 기믹에도 대응할 수 있을 가능성이 있다.

꼭 파티에 넣고 싶은 존재다. 확실히 정신적으로 불안정한 점이나 레이파에게 전향할 수도 있다는 점은 부정할 수 없지만, 나는 그런 넘쳐나는 결점을 고려하더라도 가입시킬 가치가 있다고 보고 있다.

뭐, 그래도 이제는 다른 멤버의 생각에 달렸다……. 독단으로 밀어붙일 수 없는 내용이니까…….

소피가 싸우는 모습을 지켜보면서, 이후에는 상황을 지켜볼 수밖에 없다고 생각했다.

*

5계층을 돌파한 『어라이버즈』와 소피는 그대로 파티 하우스로 돌아왔다.

짐 등을 방에 놓고, 거실에 모였다. 자기 방이 없는 소피는 방 중앙에 우두커니 서 있었다.

자연스레 다섯 명의 시선이 나에게 모였다.

소피를 파티에 넣을지 말지. 각자의 생각이 뒤섞인 시선이다.

여기서는 내가 먼저 말을 꺼내야겠지. 발안자니까.

"그래서 소피의 가입 이야기 말인데, 어쩔까?"

긴장감이 감도는 분위기를 어떻게든 밝게 풀고자 살짝 미소를 지으면서 말했다.

내 말에 처음으로 반응한 건 포스였다.

"나는 가입시켜도 괜찮다고 생각해."

우선은 한 표. 귀중한 찬성표다.

포스는 원래 중립의 입장이었다. 소피가 『어라이버즈』에 어울리는 실력만 있으면 된다는 조건으로 중립에 섰기에, 가장 함락시키기 쉬운 인물이기도 했다.

그러나 포스는 파티의 리더다. 이 파티에서 리더라는 직함은 다른 모험가 파티에 비하면 낮은 편이지만, 그래도 포스가 강하게 반대했다면 나는 소피를 가입시키는 걸 포기했을지도 모른다.

"찬성이 더 많아진 거예요! 이걸로 모두와 던전 공략을 할 수 있는 거예요!"

포스의 찬성표에 즉시 반응한 건 네메였다. 아무래도 네메는 변함없이 찬성 입장인 모양이다.

소피의 전투를 보고 반대로 반대표로 옮기겠다고 생각하지 않았으니 예상 범위 안이었지만, 기쁜 건 기쁘다.

나를 포함해서 찬성은 세 표. 네메도 말했다시피 과반수에 도달했다.

이제는 반대하던 사람들이 어떻게 할지인데—.

"포스, 옮겨간 건가요……."

변함없이 로즈리아는 반대인 모양이었다.

"좋아, 로즈리아. 거기서 미인계야. 포스를 이쪽으로 배신하게 만들어."

에린도 아직 반대인지, 로즈리아에게 수수께끼의 지시를 내렸다. 로즈리아도「네, 라저~」라며 거기에 편승했다.

“포스, 눈을 떠주세요. 소피 씨는 나쁜 여자예요. 속고 있는 거라고요. 저를 믿어주세요.”

눈가에 눈물을 머금으면서 치켜보는 모습. 로즈리아의 특기인 내숭이다.

반면, 포스는 어땠느냐면—.

“아니, 아무리 봐도 소피는 속이려고 하지도 않고 있잖아…….”

응. 괜찮다. 현혹되지 않았다.

예전의 포스는 귀여운 여자아이에게는 사족을 못 썼지만, 개심했다는 건 사실인 모양이다.

저 로즈리아의 유혹을 어려움 없이 뿌리쳤다.

“에린 씨, 실패했어요!”

“로즈리아의 매력도 별것 아니었다는 거네…….”

“작전 자체에 문제가 있었던 것 같은데요…….”

작은 목소리로 불만을 늘어놓는 로즈리아에게 물었다.

“애초에 로즈리아는 왜 반대야?”

“그치만, 저 사람. 노트에게 검을 겨눈 사람이잖아요. 그런 위험한 사람을 파티에 넣을 수 있을 리가 없지 않나요?”

“지금은 반성하는 것 같으니까—.”

“안 돼요. 한 번이라도 노트에게 위해를 가하려 한 괘씸한 녀석을 파티에 넣는다니."

"근데 로즈리아도 처음 만났을 때 나를 대놓고 함정에 빠뜨리려고 했잖아?"

"저기……. 저도 찬성으로 옮겨 가도 될까요?"

"즉각 배신하지 말라고!"

이야기하던 나도 깜짝 놀랄 만큼 고속 손바닥 뒤집기. 에린은 곧장 태클을 걸었지만, 이미 로즈리아는 몸을 이쪽으로 기대면서 완전히 찬성파 시늉을 하고 있었다.

"아니, 이 정도의 설득으로 의견 바꿔도 돼?"

"애초에 저 자신은 딱히 반대하는 게 아니었으니까요. 일단 노트를 적대한 사람을 용서할 수 없다는 리액션을 취하는 게 호감도를 벌 수 있으려나 하는 타산으로 반대하고 있었을 뿐이에요."

"이봐."

이쪽이 진지하게 이야기할 때 약삭빠르게 호감도를 벌려고 하지 말았으면 좋겠다. 반대로 호감도 떨어지니까.

뭐랄까, 변함없는 마이페이스다. 여느 때처럼 로즈리아는 통상 운전인 모양이다.

"어?! 반대하는 거 나빠?!"

남은 건 에린 한 명이다. 전원의 시선이 그녀를 향했다.

"잠깐, 이쪽 보지 마. 내, 내가 나쁜 사람이 되어버리잖아!"

"실제로 에린 씨는 소피 씨가 가입해도 괴롭혀서 쫓아내겠다고 했으니까요."

"사람의 발언을 멋대로 날조하지 마! 나, 그런 말은 한 번도 안 했잖아!"

"에린 씨, 노트 앞에서는 내숭 떨고 있는데 여자끼리만 있을 때는 음습하거든요."

"저기, 이때라는 듯이 내 호감도 내리지 말아 줄래! 노트, 그렇지 않거든!"

"응. 알고 있으니까."

그건 굳이 따지자면 로즈리아겠지. 에린에게 내숭을 떨 정도의 재주가 있었다면 지금쯤 다른 사람과의 인간관계도 좀 더 좋게 구축할 수 있었을 터다.

"어쩔 거야? 한 명이라도 반대하는 사람이 있다면 나는 억지로 파티에 가입하게 할 생각이 없는데?"

이런 대화는『어라이버즈』에게는 일반적인 일이지만, 익숙하지 않은 소피에게는 진심으로 다투는 것처럼 보이는 것 같아 보일 것이다.

소피는 자기 때문에 다툴 바에는 물러나겠다는 듯이 말했다.

에린도 죄책감이 들었는지, 황급히 정정했다.

"딱히 당신을 부정하고 싶은 건 아니야! 단지 파티에 새로 들어오는 멤버니까 신중하게 골라야 한다고나 할까……."

소피를 대놓고 부정하고 있었던 것 같지만, 묵묵히 흘려버리기로 했다.

"원래 우리는 적대하고 있었잖아? 그렇게 잘 지낼 수는 없지 않나 싶기도 하고……."

"그건 옳은 말이라고 생각해."

소피는 천천히 수긍하더니 고개를 수그리면서 입을 열었다.

"나는 당신들에게 위해를 가했어. 그것에 대해서는 반성할 생각이 없어. 나는 레이파 전하에게 갚고 싶어도 다 갚지 못할 은혜가 있으니까. 레이파 전하의 명령에 따른 것이 잘못되었다고 생각하지 않아."

에린이 숨을 삼키는 소리가 들렸다. 다른 멤버도 긴장감을 느꼈다.

"그래도, 말을 걸어준 노트나 간병해 준 네메, 그리고 다른 사람들에게도 은혜가 있어. 그 은혜를 갚고 싶어."

소피가 가리키는 『은혜』라는 말. 아무래도 그건 그녀에게는 우리가 생각하는 것 이상으로 양보할 수 없는 요소인 모양이다.

"파티에 가입하는 형태가 아니어도 좋아. 좀 더 다른 형태로 은혜를 갚을 방법도 있을 거야. 하지만 함께 던전에 들어갈 동료를 찾고 있고, 내가 그 조건에 맞는다고 판단했다면—."

그리고 소피가 고개를 들고 말했다.

"나는 던전 제패를 위해 이 몸을 바치겠어. 이 목숨을 걸고 당신들을 던전 최심부로 데려가겠다고 약속할게."

조용한 그녀의 각오. 소피가 이렇게까지 고민하고 있었을 줄은 생각지도 못했다.

아무래도 소피의 마음은 에린에게도 전해진 모양이다. 거북한 듯 뺨을 긁적이면서 대답했다.

"그, 그렇구나……. 그렇다면, 그 은혜라는 것에 걸어보겠어."

사실상의 찬성표. 솔직하지 않은 에린다운 대답이다.

그렇게 생각하고 있는데, 그녀가 덧붙였다.

"그래도, 하나만 정정할게."

뭔가 요구하려는 건가 해서 대비하는 소피에게, 에린이 말했다.

"목숨 같은 건 안 걸어도 돼. 누구 한 명도 빠지는 일 없이, 던전 최심부로 가자."

확실한 정정. 에린도 의외로 솔직한 부분이 있는 모양이다. 꽤 둥글어졌다.

이렇게 소피는 정식으로 『어라이버즈』에 가입하게 되었다.

『프린세스 나이츠』와 대신할 조각

레이파 서던도르는 방에 모은 다섯 명을 돌아보면서 조용히 고개를 끄덕였다.

전직 최고위 이단심문관이자 최강의 신관 병사 길베르트 아인잭.

도수공권으로도 최강으로 불리며, 이웃 나라에서 온갖 악랄한 짓을 벌여서 지명수배범으로 이름을 떨친 온즈 그레고리.

7년 만에 나타난 새로운 칠현자. 역사상 드물게 나타나는 왕궁파 칠현자이자 현 칠현자 중에서 최연소인 인재, 미르 간다크.

갑자기 나타났는데도 그 압도적인 스킬로 소피조차도 손쉽게 꺾은 하프 엘프, 미야 라인.

그리고 만약을 위해 데려온 인물과 자신을 넣어서 합계 7인. 던전 공략에 도전하는 파티, 『프린세스 나이츠(왕녀의 군대)』가 드디어 완성되었다.

【지도화(매핑)】 스킬을 가진 노트 애슬론을 손에 넣지 못한 것은 불행이었지만, 반대로 소피를 탈퇴시키고 미야 라인을 가입시켰다는 행운도 있었다.

지금 시점에서는 플러스마이너스 제로의 거래였지만, 미

야 라인은 명백하게 발전 중에 있는 모험가다.

이대로 던전 공략에서 실력을 기른다면 언젠가 길베르트 조차도 넘어설 가능성이 있다.

레이파는 미야에게 그 정도의 가치가 있다고 보고 있었다.

그러나 아직 부족한 조각이 있다. 이대로는 던전 공략에 도전할 수 없다.

【지도화】. 한때는 모험가로는 꽝 스킬로 유명했던 스킬이지만, 노트 애슬론의 출현에 따라 지금은 던전 제패에 필수적인 스킬로 꼽히게 되고 말았다.

저층이나 중층을 돌 때는【지도화】가 필요 없지만, 미개척 계층을【지도화】없이 도는 건 곤란하기 그지없다.

『리벨레이션(천칭과 자물쇠)』처럼 특수한 방법도 쓸 수 없기에,『프린세스 나이츠』도 매핑 담당을 준비해야만 한다는 건 레이파도 알고 있었다.

그걸 위한 열쇠가 될 인물은 이미 불렀다.

방에 차임벨이 울렸다. 겨우 그 인물이 찾아온 모양이다.

레이파는 미야에게 지시를 내려서 문으로 보냈다. 드문드문 들리는 목소리에 귀를 기울이면서 기다리자, 잠시 뒤 미야와 그 인물이 모습을 드러냈다.

"늦었잖아. 미야."

"어쩔 수 없잖아. 인사가 자기소개 같은 걸 하다가 분위기를 타버렸는걸."

"당신에게 지시한 건 문을 열고 여기로 데려오라는 거였는데. 자기소개나 잡담 같은 건 굳이 하지 않아도 돼."

실력은 있는 대신 컨트롤이 잘되지 않는 새로운 장기말의 존재에 골머리를 썩이고 있는데, 불러낸 소년이 입을 열었다.

"무슨 일이시죠? 갑자기 저를 부르다니. 혹시 노트 선배를 끌어내고 싶은 건가요?"

그 인물은 『미궁기사단』의 매핑 담당, 노트 애슬론과 같은 【지도화】를 가지고 있으면서도 완전히 다른 전투 스타일을 가진 천재 마도사, 쿨리 루이슨이었다.

"그래도 그건 어쩔 수 없었다고요~. 저는 노트 선배를 존경하니까요. 존경하는 선배가 붙잡혀 있다면 구해내겠죠? 아무리 왕녀님 상대라도."

거기까지 말한 쿨리는 입에 손을 댔다.

"아, 이건 딱히 레이파 님을 경시하고 있는 건 아니라고요! 레이파 님도 확실히 존경하고 있으니까요! 그래도, 그 이상으로 노트 선배를 존경할 뿐이라서!"

전혀 커버가 되지 않는 커버를 흘려버린 레이파는 머리에 손을 짚었다.

쿨리도 그렇고, 미야도 그렇고, 어째서 이 도시의 인간은 왕녀인 자신에게 경의를 보이지 않는 걸까.

제재를 가하고 싶은 마음은 굴뚝같지만, 두 사람은 장기말로 가치가 있는 만큼 손을 댈 수 없는 게 화가 났다.

"노트 애슬론을 데려간 건 불문에 부치겠어."

"감사합니다! 저, 모두에게 둘러싸여서 린치당하는 건가 해서 조마조마했거든요. 정말 다행이네요!"

전혀 조마조마하게 보이지 않는 쿨리에게 한숨을 내쉰 레이파는 본론을 꺼내기로 했다.

"불문에 부치는 대신, 조건을 내겠어."

"조건?"

"그래. 조건을 받아들이면, 나에 대한 불경은 불문에 부치고 노트 애슬론에게 위해를 가하지 않겠다고 약속하겠어."

목 베는 자의 관여로 인해 이미 노트 애슬론에게 위해를 가할 수는 없게 되었다.

그러나 레이파는 쿨리가 그 사실에는 도달하지 못했다고 추측하고 교섭 재료에 추가하기로 했다.

쿨리가 노트를 존경하는 마음을 이용한 비겁한 교섭. 물론 쿨리가 그런 레이파의 꿍꿍이를 알아챌 리는 없다.

"정말인가요?! 제가 할 수 있는 거라면 할게요!"

원하는 말을 들었다. 단순한 언질이지만, 있는 것과 없는 건 크나큰 차이다. 레이파는 내심의 미소가 새어 나오지 않도록 입술을 깨물었다.

"딱히 어려운 건 아니야. 당신은 손해 보는 일 없고, 아무것도 잃지 않아. 그저 어느 곳에 오기만 하면 돼."

"레이파 님의 파티라면 무리에요. 저는 『미궁기사단』이 있으니까요."

"물론 그 정도는 알고 있어. 당신이 할 수 있는 것 말고는 부탁할 생각이 없어."

레이파는 그렇게 말하며 쿨리에게 전했다.

"당신은 지금부터 신의 석판이 있는 교회에 가줘야겠어."

*

이 세계는 『증여 의식』이라 불리는, 신에게 기도를 바치는 행위를 통해 사람들이 스킬을 얻을 수 있다.

그 의식을 진행할 때 사람들은 신의 석판에 기도를 바치고, 그러면 석판에 스킬이 비치게 되어있다.

신의 석판은 세계 각지에 있으며, 이 나라에도 교회 등의 중요한 시설에 보관되어 있다.

퓰리프 마을도 이 나라에서는 비교적 커다란 도시다. 이 도시의 교회도 당연히 신의 석판은 존재한다.

레이파는 쿨리와 함께 교회를 찾아왔다. 나머지는 길베르트와 목적을 위해 데려온 여자. 네 명이 신의 석판으로 찾아왔다.

사전에 이 교회 사람에게는 이야기를 해뒀다.

『증여 의식』은 보통 한 명씩 진행한다. 원래는 의심을 사는 행위지만, 왕녀의 이름을 이용하기도 했기에 손쉽게 방으로 들어올 수 있었다.

어떤 구조로 성립되는지 알 수 없는 불가사의한 석판. 그 앞에 선 레이파가 말했다.

"알겠지? 당신은 이 석판 앞에 서서 기도를 바치면 돼. 우리는 【지도화】 스킬 효과를 알리는 문장을 확인할 거야. 내가 제시하는 조건은 그것뿐이야. 어때? 간단한 일이지?"

스킬을 한 번 얻은 사람이라도 신의 석판에 기도를 바치면 몇 번이든 입수한 스킬의 효과를 확인할 수 있다.

레이파가 제시한 건 고작 그런 조건뿐이었다.

"그것만으로도 괜찮은 건가요? 그것뿐이라면 딱히 상관없지만—."

쿨리는 의아하게 여기면서도 석판에 기도를 바치는 포즈를 취했다. 그는 석판이 빛나기 전에 고개를 들었다.

"그러고 보니, 레이파 님은 【지도화】 스킬을 가진 사람을 찾고 있었잖아요? 던전을 공략하기 위해서."

"맞아."

"그래서 노트 선배를 납치하기도 했죠."

"그런 일도 있었지. 그러니까 약속했잖아. 당신이 내가 제시한 요구를 받아들이면 노트 애슬론에게는 손대지 않겠다고."

"그건 말을 바꾸면, 제가 요구를 받아들이면 노트 선배에게 손을 댈 필요가 없어진다는 것 아닌가요?"

그렇게 말한 쿨리는 석판에 등을 돌려서 레이파를 바라

봤다.

"【모방(카피)】인지 【탈취(캡처)】인지에 따라 이야기가 달라지겠네요. 조건을 받아들일지 말지."

"—큭."

레이파는 자신의 꿍꿍이가 완전히 들켜버렸다는 걸 깨달았다.

경계하는 모습을 조금도 보이지 않는 태평한 소년. 레이파는 쿨리를 그렇게 분석했다.

그러나 그 분석은 잘못이었다. 쿨리는 겉보기 이상으로 똑똑한 사람이다. 이쪽의 계획을 완전히 간파했고, 나아가서 최악의 사태를 상정하고 있었다.

노트도 그렇고 쿨리도 그렇고, 정말이지 【지도화】를 가진 인간은 방심할 수 없다.

스킬의 효과는 아니다. 레이파는 마치 성가신 인간에게 스킬을 부여한 듯한, 그런 신의 부자연스러움조차 느꼈다.

"【모방(카피)】 쪽이야."

레이파는 한숨을 내쉬며 대답했다.

"어째서 이쪽의 계획이 들킨 걸까?"

"그렇게 어려운 추리는 아니에요."

쿨리는 검지를 세우며 말했다.

"레이파 님은 현재 파티의 매핑 담당을 찾고 있죠. 매핑 담당을 입수하는 방법으로 제가 아는 건 두 가지가 있어요."

검지에 이어서 중지도 들었다.

"우선 순수하게【지도화】스킬 보유자를 손에 넣는 것이네요. 노트 선배를 노린 것처럼, 레이파 님이 처음에 고른 방법이에요."

쿨리는「그리고―」라고 말하면서 세운 손가락을 꿈틀꿈틀 굽혔다.

"두 번째는【지도화】스킬 보유자로부터 스킬을 훔치는 방법이죠. 세간에는 그리 알려지지 않았지만, 스킬을 훔치는 스킬이 있으니까요."

"과연, 소거법으로 도달했다는 거네."

"네. 게다가 스킬을 훔치는 스킬의 조건도 알고 있으니까요. 신의 석판에 비치는 스킬의 세부 사항을 본다. 그게【모방】과【탈취】의 조건이에요."

【모방】은 신의 석판에 비치는 스킬을 실제로 보는 것으로 스킬을 딱 하나 복사할 수 있는 스킬이다.

【탈취】는 그렇게 본 스킬을 빼앗을 수 있는 것으로 변했을 뿐이다. 스킬을 보인 대상이 스킬을 잃는다는 것만이 다르다.

스킬을 훔치는 스킬이라고 들으면 만능인 것 같지만, 실제로는 그렇지 않다.

원하는 스킬을 고를 수 있다는 건 이점이지만, 어느 스킬이든 3슬롯을 쓰기 때문에 스킬을 하나밖에 얻지 못한다는 결점도 있다.

또한, SR(슈퍼 레어)까지의 스킬밖에 훔칠 수 없다는 제한도 있다. 신의 석판을 본다는 조건도 힘들기에, 굳이 따지자면 대박은 아닌 부류에 들어가는 스킬이다.

세상에는 대상 한 명의 모든 스킬을 훔칠 수 있는 【완전(풀) 모방(카피)】이나 【완전 탈취(풀 캡처)】, 어떤 레어도의 스킬이라도 훔칠 수 있지만 평생 단 하나의 스킬밖에 훔칠 수 없는 스킬도 있다고 하지만, 이번에 발견할 수 있었던 건 【모방】의 보유자였다.

"그녀가 【모방】의 보유자, 리무나 포넷이야."

데려온 여자를 소개했다. 노트 애슬론을 끌어들이는 것에 실패했을 때의 보험이자 매핑 요원의 대체안이다.

왕녀의 권한을 써서 가까스로 찾아낼 수 있었던, 【모방】을 보유한 모험가다.

"네~에. 소개받은 모두의 리무리무야. 꽃미남 군도 꼭 리무리무라고 불러줘."

추파를 던지면서 쿨리에게 윙크하는 리무나를 바라보던 레이파는 그녀의 핑크색 머리를 때리고 싶은 마음을 꾹 참았다.

그녀도 레이파에게는 문제아 중 한 명이며, 가능하면 파티에 넣고 싶지 않았지만, 노트를 끌어들일 수 없게 된 시점에서 이 카드로 싸울 수밖에 없었다.

본의는 아니지만, 절대로 버릴 수 없는 카드였기에 함부로 대할 수도 없다.

"네. 리무리무."

"우와아, 정말로 불러줬어~! 리무리무, 기뻐라~. 꽃미남 군은 무슨 이름이야?"

"쿨리예요."

"쿨리라고 하는구나~. 멋진 이름이네~. 잘 부탁해."

리무나가 쿨리의 손을 움켜쥐었다. 그 모습을 지켜보던 레이파는 헛기침하고는 쿨리를 돌아봤다.

"그래서, 어쩔 거지? 쿨리 루이슨. 나의 조건을 받아들이겠어?"

"이 상황에서도 시리어스한 태도를 풀지 않네요."

"됐으니까! 어쩔 거냐고 물어보고 있잖아!"

쿨리의 태클을 듣자마자 레이카의 목소리가 거칠어졌다.

왕녀에게 완전히 무례한 발언이었지만, 쿨리는 아랑곳하지 않고 말을 이었다.

"조건을 받아들여도 괜찮아요. 정말로 리무리무가 【모방】의 보유자라면 말이지만요."

"믿지 않나 보네."

"믿어줄 수도 있지만, 만에 하나 【탈취】라면 저는 스킬을 잃어버리게 되니까요."

"리무리무는 거짓말 안 하는데?"

"알고 있어. 하지만 리무리무는 착한 아이라도, 왕녀님이 거짓말을 하라고 시켰을 수도 있잖아? 그런 사태를 고려하고 있을 뿐이야."

쿨리는 그렇게 말하며 리무나의 머리를 쓰다듬었다.

쿨리가 꽃미남인 걸 보자마자 가장 먼저 추파를 던진 리무나도 리무나지만, 망설임도 보이지 않고 미인계에 편승한 쿨리도 쿨리였다.

눈앞에서 꽁냥대기 시작한 두 사람을 보니 위가 욱신거렸지만, 이런 곳에서 우물쭈물할 수 없다.

레이파는 명치를 문지르면서 입을 열었다.

"어떻게 해야 내가 사실을 말한다는 걸 믿어주겠어? 법적인 계약서라도 쓰면 될까?"

"그런 건 안 해도 괜찮아요. 계약서가 진실을 지켜준다는 보장도 없으니까요. 그보다 더 좋은 방법이 있죠."

그렇게 말한 쿨리가 신의 석판을 가리켰다.

"리무리무가 신의 석판에 기도를 바치면 되잖아요."

—【모방(카피)】—

레어도 : SR(슈퍼 레어)

소비 슬롯 : 3

효과 : 스킬의 효과문을 보면 스킬을 하나 복사할 수 있다.

복사 횟수에 제한은 없지만, 두 개 이상의 스킬을 동시에 복사할 수는 없다.

"정말로 【모방】이었네요~. 의심해서 죄송합니다."

쿨리는 순순히 고개를 숙였다. 뜻밖의 반응이었기에 레이파는 조금 당황했다.

불손한 태도는 눈에 띄지만, 뿌리는 나쁜 소녀이 아닐지도 모른다. 지금까지의 태도를 용서한다는 건 결코 아니지만.

"이걸로 만족했어?"

"네. 그럼 스킬 효과문을 보여주는 건 전혀 상관없어요."

쿨리에게 수락을 받은 레이파는 일단 안심했다. 이제 드디어 던전 공략에 나설 계획이 잡혔다.

쿨리는 곧바로 신의 석판에 기도를 바쳤다. 곧바로 스킬 효과문이 나왔다.

새파란 빛이 리무의 눈에 반사되었다.

"네. 복사 완료! 이걸로 리무리무도 쿨리와 똑같은 스킬을 쓸 수 있게 됐어~."

"그나저나—."

기도를 바치는 걸 그만둔 쿨리가 입을 열었다.

"어째서 이렇게 답답하게 진행하시는 거죠?"

"답답하다고?"

"맞아요. 스킬을 복사하고 싶으니까 신의 석판으로 가자고 말했다면 순순히 따랐을 텐데요. 【모방】의 존재를 처음에 숨긴 이유는 뭐죠?"

"『프린세스 나이츠』와 『미궁기사단』은 이른바, 앞으로 누가 먼저 던전 제패를 할지 경쟁하는 상대잖아? 그런 상대에게 스킬을 순순히 복사하게 해줄 이유는 없어. 오히려 경쟁 상대에게 이익이 생기는 행위를 당신이 할 것 같지는 않았기 때문이야."

"제가 그렇게 심술궂은 사람으로 보이시나요?"

쿨리는 자신을 가리키면서 눈을 크게 떴다.

레이파는 고개를 가로저으며 답했다.

"당신에 한정된 건 아니야. 그저 인간의 악의는 의심하는 게 좋다는 것뿐이지."

"그럴까요? 확실히 악의가 있는 인간은 많지만, 인간의 선의라는 것도 믿어주는 게 편해요."

"나보다 어리면서 잘난 척 설교하지 마. 당신이 인간의 뭘 안다는 거야?"

"딱히 설교하려는 생각은 없었는데요. 혼잣말 같은 거예요. 흘려들으셔도 되니까요."

그렇게 말한 쿨리가 손을 흔들며 등을 돌렸다.

"이제 용건은 끝나셨나요? 그럼 이만 실례하려고 하는데요."

"딱히 상관없어. 당신에게 할 요구는 이걸로 끝이니까."

"그럼, 약속대로 선배에게는 손대지 말아 주세요."

"알고 있어. 손댈 메리트도 없으니까."

"그렇죠."

사실은 앙갚음을 해주고 싶은 마음이 아직 들끓고 있지

만, 목 베는 자의 위협 때문에 손댈 수는 없다.

결국 이 쿨리와의 거래는 레이파가 일방적으로 이득을 본 결과로 끝났다. 쿨리는 아무것도 얻지 못했고, 그저 시간과 노력을 썼을 뿐이다.

"나의 승리야……."

레이파는 떠나가는 쿨리의 뒷모습을 바라보면서 중얼거렸다.

드디어 던전 공략에 나설 수 있다. 던전을 제패하고 왕의 자리를 손에 넣을 수 있다. 야망을 이룰 수 있다. 아버지나 언니들에게 복수할 수 있다.

그렇게 생각하자, 자연스레 웃음이 새어 나왔다.

"마지막에 이기는 건 나. 나는 이 세상 전부를 손에 넣어 보이겠어."

레이파 서던도르는 신이 내렸다는 석판 앞에서 그저 미소를 지었다.

『어라이버즈』와 새로운 동료

소피가 파티에 들어오자, 『어라이버즈』는 던전 공략을 재개하게 되었다.

전이 결정은 최고 도달 계층이 가장 얕은 파티 멤버에 맞춰서 쓸 수밖에 없기에, 다시 소피에게 맞춰서 던전에 다시 들어가야 한다.

전날 소피의 실력을 보기 위해 5계층을 공략했기에, 다음에는 6계층부터 공략하게 되었다.

『어라이버즈』는 심층에도 발을 들인 적이 있는 파티다. 이런 얕은 계층이라면 가볍게 공략할 수 있다.

6계층, 7계층, 8계층을 차례차례 공략해 나가서 11계층까지 진행할 수 있었다.

11계층은 지저 호수와 그 주변에 뒤엉킨 동굴로 이루어진 계층이다.

이 계층부터 중층이라 불리며, 던전의 난이도도 한 단계 올라간다.

겨우 손맛이 있는 적이 나오게 되기도 했기에, 소피를 넣은 진형을 시도해 보고 있었다.

"《육연 자돌》!"

소피가 지네 같은 몬스터 무리에 돌진했다. 선두에 서서 돌격이다.

선두에 있는 지네를 한 마리 처치하고, 오른쪽에 있는 적으로 초점을 옮겼다. 표적이 된 지네는 입에서 산성액을 토해냈지만, 소피는 몸을 숙여서 피했다.

아래에서 치고 올라오는 레이피어가 지네를 한 마리 더 처치했을 때, 왼쪽에 있던 지네가 꼬리를 휘둘러 공격.

소피는 대지 속성의 정령술로 만든 방패로 받아냈다.

“《각광(라이트 업)》—은 안 써도 된다고 했죠. 실수했어요. 에잇!”

로즈리아가 그렇게 말하며 성검 플룩투스를 휘둘렀다.

빛나는 성검은 거짓말 같은 절삭력으로 지네형 몬스터를 베어버렸다.

“지키지 않아도 되니까, 플룩투스 쪽에 마력을 좀 더 돌릴까요.”

방어 위주의 스킬 구성이기도 하기에, 소피에게는 탱커를 맡기기로 했다.

그 대신 로즈리아는 상황에 맞춰 어태커와 탱커를 전환하는 임기응변의 포지션을 맡게 되었다.

현재는 어태커의 움직임에 익숙해지기 위해 타깃 집중 스킬은 봉인하고 공격을 중시한 움직임을 염두에 두게 했다.

“갑니다!”

기합과 함께 플룩투스의 칼날이 한 층 커졌다. 칼날의 광채도 주변을 둘러싼 마력의 흐름도 한 단계 올라갔다.

빛의 궤적이 더욱 가속한다. 검은 선이 되어서 우글거리는 몬스터 안을 날뛰었고, 핏줄기가 흩뿌려졌다.

"《기사의 위광》."

소피는 타깃 집중 스킬로 몬스터의 주의를 끌었다.

지네들은 소피와 로즈리아, 어느 쪽으로 가야 좋을지 몰라 우왕좌왕하는 사이 플룩투스의 먹잇감이 되었다.

주변 몬스터를 얼추 다 사냥하자, 전투가 일단락되었다.

한숨 돌린 로즈리아가 성검을 허공에 지웠다. 거기서 걸어온 건 소피였다.

"잠깐 괜찮아?"

"네. 뭔가요?"

"아까 전투의 반성점을 이야기하고 싶어."

"네~? 싸움이 겨우 끝난 참인데요. 조금은 쉬게 해주세요."

로즈리아는 물통에 입을 대면서 어깨를 떨궜다.

반면, 소피는 덤덤한 기색으로 말을 이었다.

"알았어. 그럼 몇 분 뒤가 좋아?"

"딱딱한 이야기는 던전에서 돌아가고 나서 하지 않을래요?"

"그래서는 의미가 없어. 반성점은 곧바로 피드백해서 다음 전투에 활용해야 해."

파티에 가입하고 나서 알게 된 일인데, 소피는 굉장히 성실한 사람이었다.

던전 제패에 몸을 바치겠다고 말한 그녀는 그 말대로, 어떻게 해야 『어라이버즈』의 도움이 될지, 그리고 어떻게 해야 『어라이버즈』가 더 나아질지를 진지하게 고민하고 있었다.

"로즈리아는 좀 더 공격적으로 싸워주는 게 좋아."

"저기~. 그러니까 지금은 휴식하고 싶은데요……."

"빨리 몬스터를 정리해 주는 편이 공격을 끌어내는 쪽도 편하니까."

"이쪽 이야기 듣고 있나요?"

그러나 기분파에, 자유분방한 성격인 로즈리아와는 미묘하게 맞물리지 않는 것 같다.

딱딱한 걸 싫어하는 로즈리아와 융통성이 없는 소피. 두 사람은 항상 말다툼을 벌였다.

"반대로 아까 싸움에서 내가 개선했으면 하는 점은 있었어?"

"딱히 없는데요……."

"아무것도 말하지 않는 게 제일 곤란해. 정말로 아무것도 없어?"

"아무것도 없다니까요!"

"떠오르지 않는다면, 다음에는 그것도 의식하면서 싸워줬으면 해."

"굳이 따지자면, 소피 씨의 머리가 딱딱한 걸 고쳐줬으면 하네요."

"그건 던전 공략과는 상관없는 이야기."

로즈리아의 비아냥도, 성실한 소피에게는 과연 비아냥으

로 전해지는 건지 의심스럽다.

아무런 소용도 없다는 걸 깨달았는지, 로즈리아는 한숨을 내쉬면서 둘이 있는 에린과 네메에게 달려갔다.

소피는 혼자가 되어 타올로 이마의 땀을 닦았다. 그 표정에서는 감정을 읽을 수 없었다.

"왜 그래? 노트."

우두커니 선 소피를 지켜보고 있는데, 옆에서 포스가 말을 걸어왔다.

"그렇게 소피를 쳐다보다니, 신경 쓰이냐?"

"네."

"우왓, 진짜냐. 틀림없이 에린이나 로즈리아를 고를 줄 알았는데, 설마 소피였다니. 어쩐지 새로운 멤버로 강하게 추천하더라니."

"무슨 이야기를 하는 거예요? 소피가 파티에 녹아들고 있는지 신경 쓰인다는 이야기인데요?"

대체 뭘 착각한 걸까. 포스는 헛기침하면서 말을 이었다.

"헷갈리는 말투 쓰지 말라고. 착각해 버렸잖냐."

"지금 이건 아무리 생각해도 제 탓은 아닌 것 같은데요. 포스 씨가 멋대로 착각했을 뿐이잖아요?"

"그나저나, 역시 노트는 그런 부분을 꽤 신경 쓰나 보네."

"그런 부분이라뇨?"

"파티에 녹아드는지 아닌지 말이야."

"그런가요?"

"그렇잖냐. 로즈리아가 처음 들어왔을 때도 신경 썼었고."

"그러고 보니 그럴지도 모르겠네요."

지금이야 파티에 녹아든 로즈리아지만, 『어라이버즈』에 처음 들어왔을 때부터 모두와의 사이가 좋았던 게 아니다.

포스를 파티에서 탈퇴시키려 한 장본인이기도 해서 역풍이 불었던 것도 사실이다.

그러나 저 밝은 성격에 휘둘리는 사이 어느새 모두가 로즈리아에게 적응해 버렸다.

"제가 파티에 들어왔을 때, 녹아드느라 고생했기 때문일지도 몰라요."

"처음 들어왔을 때는 에린하고 사이가 나빴으니까. 지금은 전혀 믿을 수 없을 정도지만……."

"그렇죠……."

포스의 말대로, 『어라이버즈』에 처음 들어왔을 때의 나도 에린에게 미움받았었다.

나에게도 이유는 있었고, 지금은 지나간 일이라 그다지 신경 쓰지 않지만, 그때는 진지하게 고민했던 것도 사실이다.

그 경위가 지금의 생각을 만들었을 가능성은 부정할 수 없다.

"기왕 던전 공략에 나선다면, 즐길 수 있는 환경에서 던전 공략을 하는 게 좋잖아요. 괴로운 경험은 안 하는 게 더 좋으니까요."

"그것도 그렇지."

"어떤가요? 기왕 이렇게 됐으니 소피에게 가볼까요?"

"그럴까. 아직 차분하게 대화해 보지도 않았으니 좋은 기회일지도."

동의도 받았기에, 둘이서 소피에게 향했다.

다가오는 우리의 모습을 발견한 소피가 눈을 가늘게 떴다.

"무슨 일이야? 뭔가 용건?"

"용건이라고 할 건 아니에요. 이야기를 나누려고 왔죠."

"혹시 전투 개선점 이야기?"

"아니거든요. 잡담 같은 거죠."

"잡담 시간은 됐어. 나는 휴식이 끝나면 당장에라도 출발할 수 있어."

"……."

대화 시간 30초 정도. 문자 그대로 몇 초 만에 대화가 끝나버렸다.

뭐랄까, 커뮤니케이션의 중요성이라는 것에 의식을 배분하는 게 좋을 것 같다.

확실히 예전에는 적대하기도 해서 그리 익숙해질 분위기는 아닐지도 모르지만 말이지. 일단 같은 파티 멤버가 되었잖아.

지금부터 오래 어울리는 관계가 되었으니, 조금 더 노력해서 대화를 해줬으면 좋겠다.

“그렇게 말하지 말고. 모두에게도 휴식이 필요하니까…….”

“그건 알고 있어. 모두에게 맞춰서 출발하면 돼.”

“그럼, 그 시간까지는 잡담이라도—.”

“나는 여기서 기다릴 테니까, 다른 사람과 잡담하면 돼.”

“…….”

역시 몇 초 만에 대화가 끊어지고 말았다.

“노트. 너 미움받고 있는 거 아니냐?”

“그거, 지금 저도 생각했으니까 굳이 말로 꺼내지 말아 주세요.”

아니, 뭐 그렇지. 간접적이라고는 해도 나 때문에 레이파에게 쫓겨난 셈이기도 하니까. 미워하는 건 솔직히 어쩔 수 없다고 생각한다.

그래도 대화 정도는 해도 되잖아. 불만이 있다면 있는 대로 그걸 솔직히 꺼내줬으면 좋겠다.

예전의 에린처럼, 망설이지 말고 솔직한 의견을 말해주는 게 더 좋다.

“시험 삼아 포스 씨가 말을 걸어 보세요.”

내가 안 된다면 이건 어떤가 해서 포스에게 화제를 넘겼다.

포스가 가슴을 두드리며 답했다.

“그래, 좋아. 나에게 맡기라고.”

“그러니까 잡담은 필요 없어.”

"……."

이제는 대화가 시작되기도 전에 끊어지고 말았다.

이 상황에는 포스도 쇼크를 받았는지 아연실색한 표정을 짓고 있었다.

"포스 씨. 혹시 미움받고 있는 것 아닌가요?"

"앙갚음하려는 거냐? 너, 성격 나쁘네."

"자주 들어요."

뭐, 그런 대화를 나누는 사이에도 소피는 전혀 부정하지 않았다.

이러고 있으니 정말 걱정된다.

혹시, 우리 정말로 미움받고 있나?

"소피 씨. 이제 슬슬 부정해 주시면 고맙겠는데요……."

"뭘?"

"미움받고 있다느니 어쩌니 하는 이야기를……."

"노트에게는 은혜가 있어. 명령이라면, 나는 그걸 수행할 뿐."

"마지못해서 한다는 분위기를 내지 말아 주실래요?"

아무리 그래도 농담이겠지? 농담이라고 믿고 싶다.

걱정거리가 있다면, 소피가 농담을 꺼내는 성격으로는 전혀 보이지 않는다는 건데…….

"왜 그래?"

"아뇨, 딱히……."

나는 깊이 추궁하는 걸 그만뒀다. 세상에는 모르는 게 행

복한 일이 잔뜩 있으니까.

응, 농담일 게 분명하다.

앞으로 소피와 잘 지낼 수 있을지 조금 불안해지는 자신을 자각했다.

*

『어라이버즈』에 들어온 소피는 그대로 파티 하우스에서 생활하게 되었다.

레이파에게서 쫓겨나 살 곳을 잃어버린 몸이다.

넓은 파티 하우스를 주체하지 못하던 우리 역시 그녀가 이 집에 오는 건 환영이었고, 소피도 이의는 없어 보였다.

소피와 공동생활을 시작한 지 일주일 정도.

무뚝뚝한 사람이라 인간관계에서는 조금 걱정거리가 있지만, 분담된 가사를 확실하게 맡아서 해주는 성실함은 있고, 딱히 문제는 일어나지 않았다.

"소피 씨. 오늘 세탁 당번 바꿔주시지 않을래요? 저, 용건이 있어서요."

"딱히 상관없어."

로즈리아가 양손을 맞대고 부탁하자, 소피는 순순히 수락의 뜻을 보였다.

나는 그런 모습을 지켜보면서—.

"잠깐 기다려. 로즈리아."

로즈리아를 불러 세웠다.

"소피에게 가사를 떠넘기는 거. 이걸로 다섯 번째 정도 아냐?"

"글쎄요. 무슨 말씀인지?"

로즈리아가 시치미를 뗐다. 이 약삭빠른 표정, 완전히 확신범이다.

"어제 세탁 당번도, 요전의 욕실 청소도, 전부 소피에게 맡기지 않았던가?"

"그런 일도 있었죠……."

"용건이 있다고 하면서 전부 소피에게 떠넘기고."

"정말로 용건이 있으니까 어쩔 수 없잖아요!"

"그럼, 오늘은 무슨 용건인데?"

"……낮잠?"

"이봐."

세상의 상식에서 낮잠은 용건에 들어가지 않는다고 정해져 있다.

완전히 귀찮은 가사를 소피에게 떠넘기고 있지 않은가.

아무래도 로즈리아는 고지식한 소피를 다루는 법을 배워 버린 모양이다. 얼마 전 던전 공략에서의 곤란한 모습은 어디로 간 걸까.

재주 좋게 소피를 써먹고 있다.

"소피 씨도 그런 건 거절해야죠."

"나는 누군가의 도움이 된다면 딱히 상관없어."

"보세요. 소피 씨도 이렇게 말하잖아요. 받아준다고요."

"그렇게 말하고야 있지만……."

"보세요. 소피 씨는 남을 도울 수 있다. 저는 편해질 수 있다. Win-Win 관계잖아요."

"그렇게 요구를 너무 받아주면 로즈리아는 기고만장한다고요."

일찍이 모험가 파티에서 여왕벌 플레이를 해서 그런지, 그녀는 원래 남을 모시는 것보다는 써먹는 쪽의 인간이다.

예전에는 포스를 제외하면 『어라이버즈』에서 그녀의 명령에 따르는 순종적인 사람은 없었기에 그다지 문제가 되지 않았지만, 소피가 들어와서 상황이 달라지고 말았다.

소피는 그 포학 왕녀조차도 섬기던 순종적인 기사다.

던전 공략 때는 성실한 성격 때문에 너절해지려는 로즈리아를 질책했지만, 그 이외의 시간에는 로즈리아의 부탁을 받아주는 존재가 되었다.

"나는 딱히 상관없어. 한가하니까."

"이렇게 말하는데요."

어쩌면, 그녀들은 조합해서는 안 되는 두 사람이었을지도 모른다.

포학한 공주와 순종적인 기사. 레이파 쪽에 있을 때와 그다지 다르지 않아 보이는 건 기분 탓일까?

"괜찮은 건가요? 로즈리아는 낮잠을 자려는 것뿐인데요?"

"몇 번이고 말하지만, 딱히 상관없어."

"그럼 소피 씨가 낮잠을 자는 게 낫지 않나요?"

"낮잠도 필요 없어. 밤에 잠들지 못하게 되니까."

"……응?"

너무나도 덤덤하게 말해서 무시할 뻔했지만, 소피도 낮잠을 자면 밤에 잠들지 못하게 되는구나.

공감하지 못하는 건 아니지만, 그런 말을 할 캐릭터로는 전혀 보이지 않았기에 웃을 뻔한 자신이 있었다.

"왜 그러시나요? 히죽거리다니."

"아니, 아무것도 아냐."

의아해하는 로즈리아의 추궁을 헛기침하며 얼버무렸다.

어떻게든 로즈리아의 흥미를 돌릴 수는 있었지만, 그녀는 다시 소피에게 창끝을 겨눴다.

"맞다, 소피 씨. 한가하면 부탁 하나 더 해도 될까요?"

"뭐든지."

"용건을 듣기 전부터 받아들이지 마요."

일단 주의는 줬지만, 전혀 들어줄 것 같지 않았다.

"부탁이라니 뭔데?"

"낮잠을 위한 베드 메이킹을 해주실 수 있나요?"

"로즈리아, 아무리 그래도 그건……."

"알았어. 지금 당장 착수할게."
"게다가 받아들이는구나……."
어째서 낮잠을 자는 것뿐인데 베드 메이킹이 필요한 거냐고. 정말로 공주님 취급이다.
"괜찮은 건가요? 소피 씨."
"안심해. 베드 메이킹은 특기니까."
"그런 이야기가 아닌데요……."
"차원이 다른 숙면을 약속할게."
그건 좀 신경 쓰인다. 나도 베드 메이킹을 받아볼까…….
아니, 아냐아냐. 이게 아니잖아. 막으려고 온 거였는데.
고개를 흔들면서 자제심을 강하게 지키는 사이, 두 사람은 로즈리아의 방으로 걸어가고 말았다.
이건 정말로 베드 메이킹을 받으려는 거다. 이번에도 막을 수가 없었다.
두 사람이 친해졌다고 볼 수도 있겠지만, 이건 미묘한 상황이겠지.
굳이 따지자면 주종 관계에 가까울 거다.
10분 정도 지나자 소피만 돌아왔다. 지금쯤 로즈리아는 침대 위에서 푹 자고 있겠지.
역시 로즈리아의 응석을 너무 받아주지 말라고 조금 주의를 줘야겠다. 입을 열려고 다가가자, 이번에는 옆에서 목소리가.

"소피, 소피~, 과자 만들어 주는 거예요!"

"이번에는 너냐!"

달려온 네메의 머리를 향해 필살 손날치기를 날렸다.

네메는 눈을 깜빡이면서 머리를 문질렀다.

"무슨 짓인가요!"

"『무슨 짓인가요!』는 이쪽이 할 말이거든요. 왜 소피에게 과자를 만들어 달라고 하는 건데요!"

"소피가 만드는 과자가 맛있기 때문인 거예요!"

이유를 물어본 게 아니야! 이쪽은 부탁 자체를 꾸짖는 거라고.

그나저나 소피는 과자를 만들 수 있었던 건가. 몰랐다. 조금 먹어보고 싶기도…….

아니, 아냐아냐. 이게 아니라고. 지금은 네메에게 화를 낼 시간이었다.

"네메 누나도 소피 씨를 턱짓으로 부려 먹지 말아 주세요."

"애플파이와 시폰케이크, 어느 쪽이 좋아?"

"소피 씨도 수락을 넘어서서 메뉴를 물어보지 말아 주세요."

어째서 이렇게 쉽게 쉽게 부탁을 받아주는 거지. 조금은 거절하는 걸 익히는 게 좋다.

"애플파이로 부탁하는 거예요!"

"알았어. 지금 당장 착수할게."

"잠깐 기다려!"

양손을 내밀며 일단 스톱을 걸었다.

"네메 누나. 소피 씨는 로즈리아에게도 부탁을 받아주느라 피곤해요. 조금 쉬게 해주세요."

"나는 딱히 피곤하지 않아. 괜찮아."

"저렇게 말하고 있는데요."

"……."

소피를 감싸고자 말한 건데, 정작 소피에게서는 감사는커녕 전혀 원호해 주지 않고 있다.

혹시, 이거 내가 잘못하는 건가?

"그렇더라도 뭐든지 일을 떠넘기지 말아 주세요. 소피 씨도 피곤할 뿐이지 좋은 일은 없잖아요?"

"소피는 네메에게 과자를 먹여준다. 네메는 과자를 먹는다. Win-Win 관계에요!"

또 Win-Win이 나와 버렸다.

게다가 네메의 논법에 한정하면 소피에게 메리트도 없다. 과자를 먹여주는 게 뭐가 Win인 건데.

"Win-Win 관계라는 거 유행하는 건가요?"

"로즈리아에게 배운 거예요!"

"원흉은 그 녀석인가……."

머리를 감싸 쥐고 싶은 마음으로 가득했다.

순수한 네메에게 소피의 악용 방법을 가르쳐 주지 말았으면 좋겠다.

"아무튼! 조금 더 소피 씨를 배려해 주세요! 애플파이는 취소예요!"

"그래도—."

"그래도고 자시고도 없어요."

"벌써 사과 썰고 있는데요."

"……."

부엌으로 가자, 이미 소피가 도마 위의 사과에 식칼을 대고 있었다.

잠시 눈을 떼어놓은 사이 만들기 시작하지 말아 줄래요?

"지금 그만두면 사과가 아까운 거예요."

"그러게요……."

이렇게 되면 나의 패배다. 얌전히 소피의 요리를 지켜보는 방향성으로 가자.

"소피 씨. 저도 애플파이를 먹어도 될까요?"

"물론."

소피는 수긍하면서 덤덤히 사과에 칼을 댔다.

뭐, 네메와 소피가 친해졌다고 생각하면 이것도 나쁘지는 않나? 같은 파티 동료라기보다는 어머니와 딸이라는 느낌이지만.

"해낸 거예요!"

기뻐하는 네메를 곁눈질하며 소피에게 말을 걸었다.

"그럼 대신 로즈리아가 맡긴 세탁은 우리가 할게요."

"내가 할 거니까 딱히 상관없어."

"그럴 수는 없죠."

과자를 만드는 것에 더해서 세탁까지 한다니 그런 부담을 줄 수는 없다.

양손을 들고 있던 네메의 팔을 잡으며 말했다.

"그럼 네메 누나. 세탁하러 가죠."

"엑?! 네메도 말인가요?!"

"당연하잖아요! 과자를 만들어 주고 있으니까요!"

"어째서 네메가 세탁을 해야 하는 건가요?"

나는 싫어하는 네메를 향해 그 말을 보냈다.

"네메 누나는 과자를 먹을 수 있다. 소피 씨는 세탁을 도움 받는다. Win-Win 관계잖아요."

*

"노트는 저거 괜찮을 것 같아?"

부엌에서 에린의 저녁 식사 만들기를 도와주던 중, 문득 질문을 받았다.

대체 뭘 말하는 걸까? 요리가 끝난 프라이팬을 씻느라 바빠서 이야기를 듣지 못했다.

"저거라니?"

"그러니까, 소피 말이야!"

전혀 이야기를 안 듣고 있었던 게 들켰는지, 에린의 어조가 강해졌다.

뭐, 에린도 진심으로 화를 내는 건 아니기에 다음 말을 재촉하기로 했다.

"소피 씨가 어쨌는데?"

"로즈리아나 네메에게 마음껏 부려 먹히고 있잖아?"

"아, 그거 말인가."

에린의 발언으로 겨우 납득했다.

로즈리아가 가사 당번을 맡기지를 않나, 네메가 과자 만들기를 부탁하지를 않나, 파티 멤버가 소피에게 함부로 부탁하는 모습이 종종 보이게 되었다.

"나도 실은 신경 쓰고 있었어."

"역시 노트도?"

"뭐, 그렇지."

"로즈리아도 네메도 너무하다니까. 소피는 새로 들어온 처지니까 당연히 부탁을 거절하기 힘들잖아. 그걸 이용하다니."

에린은 트윈테일을 흔들면서 분노를 드러냈다.

확실히 에린의 말대로, 로즈리아와 네메는 소피에게 너무 과하게 부탁한다.

소피가 부탁을 거절하지 않으니까, 일반적으로 다른 사람에게는 부탁할 수 없는 일을 요구하는 느낌이 있었다.

"조금은 배려해 줬으면 좋겠어."

"정말이라니까."

"그나저나 의외네. 에린이 소피를 생각하며 화내다니."

"그래?"

"그치만 파티에 가입하는 거, 반대했잖아?"

에린은 소피를 가입시키는 걸 마지막까지 반대했던 사람이다.

그런 그녀가, 원래부터 찬성파였던 나와 마찬가지로 소피를 걱정하는 게 의외였다.

"나는 그렇게 매정한 사람이 아니거든! 일단 파티에 들어온다고 정해졌으면 같은 동료로 대우하는 게 당연하잖아."

"에린……."

"게다가 노트가 처음 들어왔을 때 차갑게 대했던 걸 후회하고 있어. 그러니까 다정하게 대하려는 거야."

에린이 그런 생각을 하고 있었을 줄은 몰랐다.

그녀도 그녀대로 상당히 둥글어졌다. 처음 만났을 때는 상상할 수 없었던 변모에 가슴이 따스해진다.

"어떻게 하는 게 좋을 것 같아? 역시 로즈리아와 네메에게 주의를 주는 게 좋을까?"

에린이 냄비를 젓던 손을 멈추고 물었다.

어떨까? 두 사람 다 강하게 말하면 일시적으로는 반성할지도 모르지만, 그건 임시방편의 해결책 같다.

이 문제의 본질은 좀 더 다른 부분에 있는 것 같다.

"굳이 따지자면 소피에게 말하는 게 낫지 않을까?"

"어째서 그쪽?"

"부탁하는 로즈리아나 네메에게 악의가 있는 게 아니라, 오히려 뭐든 받아들이는 소피 쪽에 문제가 있다는 느낌이 들거든."

"확실히 소피는 거절하는 시늉조차 안 하지……. 나라면 절대 폭발해서 불평하니까."

"그 모습은 상상할 수 있어……."

"그럼 바로 말하러 가자."

그렇게 말한 에린이 냄비의 불을 끄고 소피를 부르러 가 버렸다.

딱히 요리를 멈추고 지금 당장 말할 필요성은 전혀 느껴지지 않지만, 행동력이 있는 건 좋은 일이다.

설거지가 끝난 프라이팬을 건조대에 놓고 불을 다시 켜서 냄비를 휘젓고 있자 두 사람이 돌아왔다.

"뭔데? 할 말이라니?"

상황을 파악하지 못한 소피가 나와 에린을 교대로 바라보며 고개를 갸웃했다.

그런 그녀에게 에린이 말했다.

"짐작 가는 점이 없어?"

"짐작 가는 점……. 혹시, 뭔가 안 좋은 일이라도 했어?"

"그게 아니야!"

그렇게 힐문하는 것처럼 물어보면 소피처럼 생각하는 것도 무리는 아닌 것 같지만, 여기서는 에린에게 맡기기로 하자.

냄비 안의 감자가 끓고 있는지 확인하면서 두 사람의 대화에 귀를 기울였다.

"뭔가 하고 싶은 말이 있는 거 아니야?"

"알았다. 혹시 저녁 만드는 걸 도와주는 게 좋았어?"

"그거야, 그거!"

"알았어. 지금 손을 씻을 테니까 기다려."

"그게 아니라고! 도와주지 않아도 돼!"

"……무슨 소리야?"

미묘하게 맞물리지 않는 대화가 찝찝해져서 끼어들기로 했다.

"에린은 그렇게 뭐든지 다 맡으려고 하는 소피 씨의 태도에 할 말이 있는 모양이에요."

"뭐든지라니?"

"로즈리아의 가사나 네메에게 과자를 만들어 주거나 했잖아요."

"안 되는 거야?"

소피는 어리둥절하며 서 있었다. 마치 뭐가 문제인지 모르겠다는 기색이다.

"안 된다기보다는, 싫은 일은 싫다고 말해도 돼. 사양하거나 하지 말고."

에린은 팔짱을 끼며 말했다.

그러나 소피는 여전히 변함없는 태도로 대답했다.

"딱히 싫은 건 아닌데……."

"가사를 떠넘기는 게?"

"응. 딱히 할 일도 없고, 그럼 누군가의 도움이 되는 게 더 좋은 일이니까."

"……그래?"

에린에게는 상상조차 할 수 없는 생각과의 만남이었던 모양이다. 미지의 생물을 발견했을 때처럼 당혹스러워하고 있었다.

"무리하지 않아도 돼."

"무리하는 건 아니야."

"그렇구나……."

미묘한 분위기가 흘렀다. 에린은 소피를 걱정해서 말하고 있지만, 화술이 서툰 것도 어우러져서 배려가 그다지 전해지지 않고 있었다.

소피도 말의 이면을 읽을 생각이 전혀 없는지라, 말수가 부족한 에린의 발언을 충분히 이해하지 못하고 있다.

절묘하게 대화의 파장이 맞지 않는 두 사람이다.

"그럼, 그밖에 뭔가 불만은 없어? 『어라이버즈』의 생활에."

무언의 시간을 견디다 못한 에린이 입을 열었다.

에린도 에린대로 소피를 걱정하고 있단 말이지. 어째서 이렇게나 전해지지 않는 걸까…….

"딱히 없어."

"딱히 없다니. 뭔가 있을 거 아냐, 뭔가!"

"레이파 전하 쪽과 비교하면 받는 명령도 적고."

"그거야 당연한 거잖아! 그런 것하고 비교하지 말라고!"

"그건 전하를 험담하는 거야?"

"앗, 아니, 그런 건 아니고……. 응……. 하지만 왕녀님의 기사로 일하던 시절하고 일개 파티에서 지내는 생활을 비교하는 건 좀…… 그렇다는 의미인데……."

"그럼 됐어. 나를 받아준 건 감사하고 있지만, 레이파 전하를 모욕하는 건 간과할 수 없으니까."

"응, 미안……."

에린이 그렇게 말하면서 살짝 고개를 숙였다.

역시 절묘하게 대화의 파장이 안 맞는다. 에린도 서툰 발언은 삼가는 게 좋고, 소피도 조금 더 융통성을 발휘하는 게 좋아 보인다.

뭐, 이건 성격 문제라 하루아침에 고칠 수 있는 게 아닐 테니 굳이 지적하지 않겠지만.

"역시 뭔가 없어? 불만이라든가."

이번에도 먼저 입을 연 건 에린이었다.

"계속 함께 살고 있다면 뭔가 하나 정도는 있을 거 아냐? 불만 정도는."

"불만……."

"어때? 있다면 내가 어떻게든 해볼 테니까."

"없지는 않아."

뜻밖의 발언이다. 나도 신경 쓰여서 냄비를 휘젓던 손을 멈췄다.

"누구야? 누가 원인이야? 로즈리아? 네메? 내가 혼내줄 테니까!"

"아니야."

"그럼 누구야!"

"노트……."

설마 하던 나였다.

에린이 깜짝 놀라서 나를 바라봤다. 루비색의 날카로운 눈동자가 이쪽에 꽂혔다.

"뭔가 했어?"

"아니, 뭔가 한 기억은……."

"혹시, 부탁을 거절하지 않는 소피를 이용해서 엉큼한 요구를 한 건 아니지?"

"그런 짓은 안 했어!"

완전히 엉뚱한 누명이다. 황급히 소피에게 시선을 보냈지만—.

"겨우 납득했어. 나 같은 걸 파티에 끌어들여서 무슨 메리트가 있는지 줄곧 의문이었는데, 몸이 목적이었구나."

"이상한 납득을 하지 말아 주세요!"

"노트에게는 은혜가 있어. 실제로는 당신에게 그런 짓을 당하는 건 죽을 만큼 싫지만, 명령이라면 어쩔 수 없지. 나는 따를 뿐이니까."

"그걸 따르면 안 되잖아요!"

소피의 뭐든지 받아들이는 스탠스에 어이없음을 넘어서서 공포조차 든다.

정말 포스가 멀쩡해져서 다행이다. 옛날의 그였다면 농담이 아니라 진짜 엉큼한 요구를 했을 테니까.

게다가, 만약 포스가 농담으로 그런 요구를 하더라도 성실한 소피라면 말 그대로 받아들였을 거다.

포스가 멀쩡해지지 않았다면, 지금쯤 『어라이버즈』의 풍기는 마구마구 문란해졌겠지.

"그보다, 죽을 만큼 싫은 건가요……."

무시할 뻔했지만, 미묘하게 쇼크를 받는 표현이다. 죽을 만큼이라니.

딱히 소피를 노리던 건 아니고, 그런 관계가 될 생각도 전혀 없지만, 이성이 그렇게 말하면 평범하게 쇼크를 받는단 말이지…….

"안심해. 나는 아마 다른 사람들처럼 죽는 것에 저항감이 없으니까. 어느 정도 싫어할 뿐."

"그건 그다지 커버가 아닌데요."

싫기는 싫구나……. 그렇게 생각할 수밖에 없는 나였다.

"그래서, 저한테 불만이라니 대체 뭔가요?"

이 이상 대화를 이어가면 마음의 HP가 버티지 못할 것 같아서 이야기를 원래대로 되돌리기로 했다.

소피는 불만을 표할 상대가 눈앞에 있는데도 불구하고 주저하지 않고 입을 열었다.

"경어."

"경어?"

"그래. 동갑인데 계속 경어니까."

"엑?! 동갑이었나요?!"

불만 내용보다 먼저, 소피가 불러일으킨 충격적인 사실에 반응하고 말았다.

"그야 열여덟이잖아?"

"그런데요……. 어째서 제 나이를 아는 거죠?"

"레이파 전하의 명령으로 노트의 정보를 조사했으니까."

"……."

이해할 수는 있지만, 심정적으로는 참으로 납득할 수 없는 정보였다.

적의 정보를 알아둘 필요가 있다는 건 당연히 알고 있지만, 이러는 나도 목 베는 자에게서 레이파의 정보를 얻으려 했으니까 강하게 추궁할 수는 없지만.

"그렇다면 나하고도 동갑이라는 거네."

"그래?"

"그야 나와 노트는 동갑이니까."

아무래도 에린의 정보까지는 자세하게 조사하지 않았던 모양이다. 이번에는 소피가 처음 알게 되었다는 반응을 보였다.

"여기 있는 세 사람, 동갑이었구나……."

"그런 것 같아. 그러니까 노트도 나에게 경어를 안 써도 돼."

"그런 거라면야."

지금부터 소피에게는 경어를 쓰지 말기로 하자.

처음 만났을 때부터 왕녀의 시종이라고 인식하고 있어서 경어를 썼지만, 동갑이라면 사양할 필요는 없겠지.

그나저나 예전에 퉁명스러운 말투를 썼을 때 왕녀에게 불경한 태도로 보고 협박했던 그녀에게 경어를 안 써도 된다는 말을 듣게 될 줄이야.

소피도 이 파티에 들어와서 심경이 변했을지도 모른다. 경어가 아니어도 된다는 것도 그녀 나름의 친교를 다지는 방법이겠지.

"그래도 의외네. 소피 쪽에서 경어를 안 써도 된다고 말하다니."

"그래?"

"그게, 나와 거리를 두고 싶다는 느낌을 조금 받았으니까."

"딱히 친해지기 위해 경어를 안 써도 된다고 말한 건 아니야."

그러나 소피는 나의 예상과는 달리 뜻밖의 말을 꺼냈다.

“그저 동갑인데 나에게 경어 같은 걸 쓸 필요가 없을 뿐. 노트는 고용주 입장이니까 나보다 지위가 위. 오히려 내가 경어를 써야 할지도 몰라.”

“…….”

뭔가 내 예상과는 동떨어진 이유였다.

변함없이 소피는 소피인 것 같다. 오랫동안 레이파 아래에 있던 버릇이 빠져나가지 않았다고나 할까.

자신을 비하하고, 누군가를 섬긴다는 생각은 좀처럼 바뀌지 않는 것 같다.

“아니, 경어는 안 써도 돼.”

소피가 『어라이버즈』에 녹아들기에는 아직 시간이 걸릴지도 모른다. 그렇게 생각하게 되는 대화였다.

『프린세스 나이츠』의 쾌진격

레이파 서던도르가 이끄는 『프린세스 나이츠』는 현재 18계층 공략에 도전하고 있었다.

던전 공략을 시작하고 나서 두 달 정도.

그럼에도 불구하고 중층 후반부인 18계층에 도달했다는 건, 던전 공략 파티 중에서도 이례적인 쾌진격이다.

그 요인 중 하나로 거론되는 건, 파티 멤버의 개별적인 전투 능력이 높기 때문이다.

현재 프런트 라인에 서 있는 건 이 두 사람. 최강의 신관병사로 이름 높은 길베르트 아인잭과 도수공권의 최강으로 이름 높은 온즈 그레고리였다.

"흐읍!"

길베르트가 신성력을 두른 메이스를 휘둘렀다. 그 직후, 사람의 몇 배나 되는 크기를 자랑하는 오크의 몸이 기역 자로 꺾이면서 상공으로 치솟았다.

"나리, 그렇게 날려버리지 말라고."

온즈는 그렇게 말하면서 주변 거목을 박차고 공중으로 도약했다. 꽤 커다란 나무가 온즈의 발차기에 꺾이더니, 그 도약 한 번 만에 치솟은 오크의 뒤로 돌아갔다.

"자, 끝이다."

양손으로 깍지를 끼고는 그대로 오크의 등에 내리쳤다. 지면에 처박힌 오크는 그 충격으로 다진고기 같은 꼴이 되었다.

압도적인 폭력. 거구의 몬스터가 우글거리는 18계층을 그저 힘만으로 압도하는 광경이 그곳에 있었다.

"자, 한 판 끝."

손을 터는 온즈의 뒤에 대기하고 있는 건 미르 간다크와 미야 라인이었다.

등을 돌린 그에게 다가오는 거수를 향해 미르가 손을 휘둘렀다.

"《마법 검무》 확장형, 제6의 검— 단죄의 검."

갑자기 공중에 나타난 거대한 검이 미르의 손 움직임에 맞춰서 움직였다. 벤다기보다는 짓뭉갠다는 게 올바른 참상이 벌어졌다.

거수는 미르가 생성한 검에 뭉개졌고, 지면에는 고깃덩어리와 핏줄기만이 퍼졌다.

"나도 갈게~."

태평한 목소리와 함께 활과 활시위가 격렬하게 삐걱대는 소리가 났다. 허리를 낮추고, 최대한 활을 당긴 미야의 모습이 보였다.

"《노급일섬(弩級一閃)》."

날아간 화살은 마치 광선 같았다.

빛의 선이 신속으로 발사되자, 그 궤도상에 있는 모든 것이 지워졌다. 남은 건 거대 수해(樹海) 중간에 뻥 뚫린 하늘색 구멍과 후벼 파인 지면의 궤적뿐이었다.

“일단 정리된 모양이네.”

지루한 듯 팔짱을 끼고 있던 레이파가 중얼거렸다.

그녀가 중얼거린 대로, 주변 몬스터는 대략 정리했다. 이미 이 계층의 중간 보스는 쓰러뜨렸기에, 이후에는 보스를 돌파하고 다음 계층으로 가는 입구를 찾기만 하면 된다.

레이파는 옆에서 대기하던 리무나에게 말을 걸었다.

“다음 계층으로 가는 문은 아직 못 찾았어?”

“으~음. 리무리무도 애쓰고 있기는 하지만~. 전혀 발견되지 않네~.”

“발견하지 못하는 건 알았으니까, 우선 그 맥 빠지는 말투는 그만둬.”

“너무해. 리무리무는 평범하게 말하고 있는데에. 맥 빠지는 말투라니이~. 리무리무 슬퍼져.”

“이제 됐어. 당신은 입 다물고 있어.”

레이파는 리무나의 달착지근한 목소리를 흘려버리면서 한숨을 내쉬었다.

리무나는 평소에도 이런 기색이라 여느 때와 같은 통상 운전이지만, 괜히 진절머리가 나는 느낌이다.

이것도 모두 이 계층의 보스 방을 좀처럼 찾을 수 없기 때문이다.

레이파 일행, 『프린세스 나이츠』가 18계층에 오고 나서 빠르게 사흘이 지났다.

탐색 이틀째에 중간 보스를 토벌할 수 있었고, 이 계층도 순조롭게 돌파할 수 있겠다며 자신했지만 그로부터 꼬박 하루가 지났는데도 눈에 띄는 진척 상황을 보이지 못했다.

나오는 몬스터가 버거운 것도 아니다.

각지에서 끌어모은 올스타로 구성된 이 파티에게 있어서 18계층의 적은 문제없이 대처할 수 있는 상대였다.

그저 보스 방만 발견되지 않는다. 그 정도의 일로 시간을 계속 빼앗기고 있다.

【지도화】는 주변 1킬로미터와 자신이 지나간 곳을 기록할 수 있는 스킬이다.

요컨대 보스 방 1킬로미터 권내에 도달하지 못하면 보스 방의 존재를 발견할 수가 없다.

도적인 노트 애슬론처럼 먼 곳에 있는 몬스터의 존재를 감지할 수 있다면 보스의 존재를 찾아내는 것으로 보스 방을 손쉽게 발견할 수 있었을 거다.

그러나 아직 적 탐지 아츠를 익히는 도중인 리무나는 그럴 수가 없다.

대신 리무나는 다른 스킬을 복사했을 때의 영향으로 다채로운 아츠를 익히고 있다는 장점도 있지만, 그래도 노트가 필요했다고 보이는 상황이다.

좀처럼 잘 풀리지 않는 상황에 손톱을 깨무는 레이파. 그런 그녀에게 말을 건 것은 길베르트였다.

“뭐, 아가씨. 너무 초조해하지 말라고.”

“이 상황에서 초조해하지 않을 수 있겠어? 우리가 이렇게 발이 묶인 사이에도 소피 쪽은 던전 공략을 진행하고 있어.”

소피가 노트의 파티에 들어갔다는 정보도 레이파를 초조하게 만드는 원인 중 하나였다.

소피를 『프린세스 나이츠』에서 쫓아낸 것은 레이파 자신이다. 시종이었던 소피가 쓸모가 없어서 진저리를 내며 쫓아내 버렸다.

그런 상대가 자신보다 먼저 던전 공략을 이뤄낸다면 웃음거리가 된다.

자신이 내린, 쓸모없다는 판단이 잘못되었다는 것을 의미한다.

자존심 강한 레이파가 자신의 결단을 부정하는 결과를 용납할 리가 없었다.

“내 곁을 떠나고 나서도 그 아이는 내 방해를 하고 있어. 정말로 쓸모없는 아이야.”

레이파가 험상궂은 표정으로 저주를 토해냈다.

그러나 길베르트는 수많은 수라장을 빠져나온 연장자다. 흐트러진 왕녀에게 냉정한 의견을 냈다.

“확실히 소피 일행은 『프린세스 나이츠』의 공략 계층을 간단히 추월하겠지. 하지만 던전 제패는 아직 아무도 이뤄낸 적이 없는 위업이야. 『어라이버즈』라 해도 그리 간단히 제패할 수 있다고는 생각할 수 없어.”

“그래도—.”

“실제로 『어라이버즈』는 한 번 공략에 실패해서 파티 멤버를 잃었지. 던전 공략은 누가 가장 앞에 있느냐는 문제보다는, 누가 마지막까지 공략을 이어갈 수 있느냐는 문제가 우선이지 않을까?”

“안전 지향인 나리의 생각은 그리 좋아하지 않지만, 이것만큼은 찬성이야.”

두 사람의 대화에 끼어든 건 온즈였다. 그는 양팔을 머리 뒤로 넘겨 깍지를 끼고는 휘파람을 부는 가벼운 태도로 말했다.

“나도 이런저런 녀석을 상대해 왔지만, 이 던전은 격이 달라. 손쉽게 쓰러뜨릴 수 있는 상대도 아니지. 지구전을 생각해야만 하는 상대라고.”

“일국을 상대하던 당신이 그런 말을 해? 무척이나 둥글어졌네.”

“나라 같은 건 상대가 못 돼. 어차피 사람의 모임이잖아. 잔챙이가 모여 봤자 대단치도 않다고. 하지만 이건 달라. 사람을 초월한 무언가와의 싸움이지. 그렇게 간단히 정리할 수 있는 상대가 아냐."

온즈는 조소하는 듯한 레이파의 말에 편승하지 않고 태연하게 흘려냈다.

"만약 좀 그렇다면, 일단 던전에서 나가서 그 노트라는 녀석에게 보스 방의 위치를 물어보는 것도 괜찮지 않나? 한 번은 이 계층을 공략했다면서? 그쪽이 더 효율이 좋잖냐. 편하게 갈 수 있는 부분은 편하게 가자고."

"그런 게 가능할 리가 없잖아! 그 노트 애슬론에게 도움을 요청하는 건 죽어도 사양이야!"

"오오, 너무 화내지 말라고. 딱히 그 녀석에게 부탁하는 것만이 방법인 건 아니라고. 그 파티에는 소피도 있다면서? 그 녀석이라면 네가 부탁하면 한 방에 들어주지 않을까?"

"소피는 내가 쫓아냈어. 말을 들을 리가 없잖아."

"그럴까? 내 감으로는, 그 녀석은 아직 너를 따르고 있을 것 같은데."

"만약 그렇더라도, 소피가 내 말을 들을 메리트는 없어."

"그거야 적당히 『내 말을 듣는다면 다시 기사로 써줄 수 있다』 같은 말을 하면 되잖냐."

"그 아이에게 기회를 줄 생각은 전혀 없어."

"그거야 구실이지. 약속이야 그냥 말로만 늘어놓다가 깨면 된다고. 이용할 수 있는 건 이용한다. 그게 똑똑한 방식이잖아?"

똑같은 악인이니만큼, 이용할 수 있는 건 이용한다는 온즈의 사고방식은 공감할 수 있었다.

그러나 써먹는 수단이라는 세부 사항에서 그와 레이파는 근본적으로 다르다고 느끼고 있었다.

레이파는 목적을 위해 수단을 가리지 않는다는 신념을 내걸고 있지만, 그건 목적을 위해서라면 어떤 잔혹한 수단이라도 불사한다는 뜻이지 문자 그대로 수단을 가리지 않는다는 건 아니다.

예를 들어 자신이 고개를 숙이면 상대를 회유할 수 있는 상황이 마련되었더라도, 자신은 고개를 숙이는 것을 좋아하지 않는다.

레이파에게는 긍지가 있다.

그녀라면 비효율적인 방식이라는 걸 알면서도 자신의 미학에 따라 회유하고 싶은 상대의 소중한 사람을 인질로 잡아 회유한다.

그러나 온즈는 자신과는 완전히 다른 악의 성질을 가진 인간이다.

그는 더 효율적이고 즉각적인 수단을 즐긴다.

목적을 위해서라면 자기가 고개를 숙이는 것도 불사하고, 땅바닥을 기는 것도 희희낙락 저지를 것이다.

레이파에게 악이란 목적을 위한 신념이지만, 온즈에게는 목적을 위한 도구에 불과하리라.

그와는 역시 생각이 맞지 않는다. 자신과는 다른, 야비하고 저속한 인간이다.

온즈에게 혐오의 감정을 품고 있는데, 태평한 목소리가 자신을 부르는 게 들렸다.

“저기, 레이파. 잠깐 괜찮아?”

“안 돼. 죽어.”

“갑자기 너무하지 않아?!”

울상을 지으며 항의한 것은 얼마 전 파티 멤버에 들어온 하프 엘프 소녀, 미야 라인이다.

그 노트 애슬론의 소꿉친구라는 것만으로도 열 받는데, 무엇보다 저 허물없는 태도가 마음에 안 든다.

“왜 그렇게 차가운 말을 하는데?!”

게다가 본인에게 자각이 없으니까 구제 불능이다.

「레이파」라는 경의가 조금도 느껴지지 않는 호칭으로 부르는 가신이 있다면 원래 즉각 목을 날려버렸을 거다.

전투 방면에서 우수하기에 가볍게 처벌할 수 없어서 이를 대체 몇 번 갈았는지 모른다.

“아무튼 그 호칭은 그만둬.”

“뭐~?! 귀여운데~.”

“귀여움을 원하지 않으니까.”

몇 번 주의를 줬는데도 미야는 변함없이 이런 상태다.

강하게 말해도 변화의 전조가 보이지 않기에 이야기를 원래대로 돌리기로 했다.

"그나저나 무슨 용건이야? 나를 갑자기 부르다니."

"이 계층 말인데—."

미야는 거대 삼림 안쪽으로 펼쳐진 광대한 산맥으로 시선을 돌리며 말했다.

"역시 저 산을 넘어선 곳에 다음 계층 입구가 있지 않을까?"

"그러니까 그건 일단 생각하지 않기로 했잖아?"

레이파는 미야의 의견을 바로 잘라냈다.

지금 미야가 한 말은 파티의 의견으로 이미 나왔던 것이기 때문이다.

방향적으로도 저 산맥 너머에 보스 방이 있을 가능성이 컸지만, 산을 넘어서게 되면 또 며칠이 걸린다.

게다가 산을 올랐을 때 헛수고였다는 걸 알게 되면 몇 배나 되는 시간이 소모되기에 좀처럼 확인할 수도 없었다.

그런 배경도 있었기에, 현재 『프린세스 나이츠』는 산맥 앞쪽의 간단히 조사할 수 있는 곳을 산책한다는 방향성을 정하고 있었다.

"그렇지만, 정말로 저 산맥 너머에 다음 계층으로 가는 문이 있었을 때가 성가시단 말이지……."

레이파는 미야의 의견도 일리가 있다고 느끼고 있었다.

만약 미야의 말대로 다음 계층으로 가려면 산맥을 넘어설 필요가 있다면, 지금 자신들이 하는 산책은 완전히 시간 낭비가 되고 만다.

그럴 경우 즉시 산을 넘는다는 판단을 내리고 발을 옮기는 게 최적의 해답이다.

요컨대 양자택일 문제다. 최소한의 리스크에 그치는 쪽을 고르느냐, 높은 리스크는 있지만 정답이었을 때 리턴이 큰 쪽을 고르느냐.

이것이 파티를 이끄는 사람으로서 판단해야 하는 것. 왕의 자질이다.

"알았어. 산을 넘기로 하자."

결국 레이파는 높은 리스크를 감수할 각오를 선택했다.

딱히 자신이 미야 라인의 의견에 휩쓸린 건 아니다.

이대로 편한 방법을 고르며 계속 찾아봤자 끝이 없다. 무의미하게 시간을 낭비하는 것보다는 새로운 움직임을 보여주는 게 공략의 실마리로 이어진다고 판단했다.

그러나 정작 이 태평한 하프 엘프는 그런 레이파의 생각을 알지도 못하고 의기양양하게 가슴을 폈다.

"거봐. 좋은 말 했지?"

"……."

그만 울컥한 레이파의 입에서 멋대로 말이 새어 나왔다.

"참고로 저 산맥을 넘어도 다음 계층으로 가는 문이 발견되지 않는다면, 당신 참수형이니까."

"어째서?!"

그 정도의 각오와 망설임을 가지고 이야기했으면 좋겠다. 그렇게 생각하는 레이파였다.

*

산맥을 넘기로 결단하고 나서 한나절. 레이파 일행『프린세스 나이츠』는 자신들의 선택이 옳았다는 걸 알게 되었다.

"뭘까? 저 벽!"

그렇게 말한 미야가 달려간 곳에는 수해 속에 파묻힌 것처럼 펼쳐진 벽이 있었다.

새하얗고, 자연이 우거진 이 계층과는 어울리지 않는 인공적인 벽.

높이는 2미터 정도밖에 안 돼서, 주변 나무와 비교하면 상당히 낮다. 이거라면 뛰어넘는 것도 그리 어렵지 않다.

"벽 주변은?"

매핑 담당 리무나에게 물었다.

그녀는 뺨에 검지를 대면서 무척이나 불쾌한 간드러진 목소리로 말했다.

"으~음. 리무리무 모르겠어! 【지도화】로 보이는 범위에서는 줄곧 펼쳐져 있는 것 같지마안~."

"그래. 알았어."

곧바로 리무나에게서 시선을 돌리고 머릿속으로 고민했다.

이 벽은 결코 다른 모험가가 만든 것도 아니거니와 이 계층의 몬스터가 만든 것도 아니다.

던전의 사양으로 만들어진 필연성 있는 벽. 뭔가 의도가 있어서 이 계층에 벽을 설치한 거다.

“일단 넘어볼까.”

산맥을 넘어서는 선택을 한 이상, 이 벽은 피해서 지나갈 수 없다.

부순다는 선택도 있었지만, 대치하고 있는 건 미지의 벽이다. 신중하게 무난한 방법으로 진행하기로 했다.

“미야.”

“넵.”

“앞서가서 건너편의 낌새를 살피고 와.”

“알겠습니다~!”

미야는 사냥꾼이라는 배틀 스타일을 가진 모험가다.

사냥꾼은 몬스터를 상대하는 전투가 특기이고, 탐색계 아츠도 많이 익히기에 도적 같은 배틀 스타일과 마찬가지로 척후가 특기다.

【지도화】 스킬을 가진 리무나는 익히고 있는 전투계 아츠의 숫자가 많지만 탐색계 아츠는 익히는 도중이다.

아직 노트 애슬론 같은 역할을 담당하기는 어려워서, 『프린세스 나이츠』에서는 미야와 역할을 분담하며 탐색을 진행하고 있다.

"영차."

【신체 강화·대】 덕분에 미야의 신체 능력은 일반인보다 몇 배는 높다. 그녀는 뜀뛰기를 하는 가벼운 동작으로 벽 가장자리를 뛰어넘었다.

"어때? 벽 너머의 상태는?"

"언뜻 봐서는 그쪽과 그다지 변함이 없네~."

미야는 이마에 손을 대고 주변을 살펴보는 포즈를 취했다. 그대로 주저하지 않고 벽 너머로 내려섰다.

"으~음, 아무것도—."

그렇게 말하려던 직후의 일이다.

갑자기 발밑이 무너지는 듯한 진동. 레이파는 중심을 잃다가 어찌어찌 넘어지지 않게 균형을 잡았다.

"지진……?"

거기까지 말하고, 자신의 말이 잘못됐다는 걸 깨달았다.

이곳은 던전 안. 일반적인 세계와는 다른 이계의 땅이다. 자신들이 사는 세계처럼 평범한 지각변동이 일어날 리가 없다.

그렇다면, 가장 간단하게 도출되는 해답은—.

"보스 몬스터."

레이파는 시야에 비치는 움직이는 산맥에 압도당하면서 중얼거렸다.

산맥의 오른쪽이 올라가더니, 옆으로 찢어진 균열이 보이기 시작했다.

저건 입이다. 그렇게 생각한 이유는, 균열에서 포효가 울려 퍼졌기 때문이다.

지금까지 18계층을 탐색했던 인상은, 이 계층은 아무튼 스케일이 크다는 점이다.

나오는 몬스터는 물론이거니와 식물이나 흐르는 강 같은 자연까지. 모든 것이 인간 세상에는 없는 사이즈였다.

중간 보스도 조금 전 싸웠던 거대 오크와는 비교도 되지 않을 정도의 크기를 가진 인간형 몬스터였지만, 설마 산맥 클래스의 괴물이 나올 줄이야.

아무리 레이파라도 이것에는 압도당했다고 말할 수밖에 없었다.

"이 벽은 보스 방을 나누는 칸막이였다는 건가……."

겨우 벽의 의도를 파악했지만, 완전히 기습당한 상황이다. 준비 부족인 채 보스전에 임해야만 하게 되었다.

"어떻게 해야—."

레이파가 자문자답하는 사이 가장 먼저 움직인 건 온즈였다.

자세를 잡더니, 즉시 주먹으로 벽을 부쉈다.

"뭘?!"

"뻔하잖아. 칸막이를 철거한 거야. 이제 보스와 싸울 수 있잖아?"

그의 말대로다. 이미 보스가 깨어난 이 상황. 싸울 수밖에 없다.

레이파는 마음을 다잡고 호령했다.

“그러네. 미야는 이리로 돌아와. 이번 전투는 길베르트, 당신이 공격을 담당하도록 해. 메인 어태커는 화력을 낼 수 있는 온즈와 미야. 나와 미르는 세 사람의 서포트.”

“리무리무는?”

“당신은 이번 상대에게는 유효타를 낼 수 없으니까. 죽지 않게 열심히 노력하라고.”

“네! 열심히 도망에 전념하겠습니다~아.”

리무나는 다재무능한 모험가다. 일찍이 다양한 스킬을 복사했을 때 익힌 아츠는 많지만, 지금은【지도화】가 세팅되어 있기에 스킬의 혜택을 받지 못한다.

던전 일선급 모험가와 비교하면 아무래도 공격의 위력이 떨어지기에, 이번처럼 크고 내구력이 있어 보이는 적과 싸울 수 있다고 보기에는 힘들었다.

산맥은 이미 용과 같은 그림자를 드리우고 있었다.

사나운 이빨이나 예리한 눈동자부터 시작해서, 산맥 부분은 등이 되었다. 긴 산등성이는 그대로 꼬리가 되어서 지면을 내리쳤다.

“자, 해볼까.”

레이파가 지시를 내린 동시에 길베르트가 움직였다. 타깃 집중 스킬을 사용하며 용의 머리 방향으로 내달렸다.

반대로 온즈는 꼬리 방향으로. 미야는 현재 위치에 서서 화살통에서 화살을 꺼냈다.

레이파도 허리춤에 있는 아이템 백에 손을 넣고 그 안에서 예술품 같은 피리를 꺼냈다.

그녀가 가진 스킬은 모험가 중에서는 흔한 부류다.

【마도구사】라는, 사용하는 마도구의 성능이나 숙련도를 상승시키는 단순한 스킬.

그러나 레이파 정도의 재력과 권력이 있다면 이야기는 달라진다.

어떤 마도구라도 입수할 수 있는 돈과 왕궁 보물고에 잠든 마도구를 입수할 수 있는 지위가 있다면, 최고봉의 스킬 보유자가 될 수 있다.

레이파가 피리를 불었다. 순식간에 파티 멤버의 몸에 녹색 오라가 생겼다.

지금 분 피리도 마도구의 일종이다. 소리를 들은 자에게 버프 효과를 줄 수 있는 마도구.

레이파는 즉각 피리를 넣고 이번에는 십자 방패를 꺼냈다.

마력을 담자, 방패가 힘차게 펼쳐졌다. 방패는 녹색 안개 형태의 빛을 전개한 동시에 레이파의 주변을 구형으로 감쌌다.

"흐읍!"

삼림 안쪽에서 하얀 빛기둥이 솟구쳤다.

이 빛은 레이파의 마도구가 만든 것이 아니다. 길베르트가 날린 순수한 신성력 덩어리다.

길베르트는 강인한 육체와 자신의 신체 능력을 끌어올리는 아츠나 스펠로 싸우는 신관 병사.

자신이 든 메이스에 힘과 신성력을 맡기고, 개막의 일격을 날렸다.

"《심판의 철퇴》."

굉음과 함께 격렬한 섬광이 주변을 감쌌다.

메이스와 거룡의 정면충돌. 그 폭렬음은 용이 내뿜는 포효보다 몇 배는 격렬했다.

고막을 찢을 듯한 충격을 흩뿌리면서 전투의 막이 올랐다.

"간다~ 《노급일섬》."

미야가 쓸 수 있는 최대까지 모은 강력한 사격.

온즈는 거룡의 등을 타고 올라서 혼신의 타격을 가했다.

그러나 거룡이 노리는 건 길베르트. 어태커 두 명의 공격은 염두에도 두지 않고 입에서 대지를 후벼 파는 광선을 뿜어냈다.

"《수호신의 포옹(가디언 프로텍트)》, 《불침의 교회》."

방어계 버프 스펠과 범위 방어 스펠을 전개한 길베르트가 정면에서 광선을 받아냈다.

광선이 지나간 후에도 그곳에 선 모습은 멀쩡했다. 공격을 날린 빈틈을 틈타 거룡에게 돌진해서 다시 《심판의 철퇴》를 꽂았다.

"역시 단단하네……."

길베르트의 《심판의 철퇴》를 두 번이나 맞았는데도 여전히 거룡이 팔팔한 것을 본 레이파가 놀랐다.

《심판의 철퇴》는 신관 병사의 상급 공격 아츠다. 단독으로도 어느 정도 화력을 기대할 수 있지만, 길베르트 정도의 숙련된 신관 병사가 사용하면 이야기가 완전히 달라진다.

그가 펼치는 《심판의 철퇴》는 폭심지 그 자체다.

그러나 극한까지 갈고닦은 육체와 농밀한 신성력. 그 양자를 모아 펼치는 일격이 필살의 영역에 도달하지 못하고 있다.

미야의 초고화력 궁술 아츠 《노급일섬》도 커다란 대미지를 주지 못했다. 온즈의 타격도 마찬가지다.

역시 스케일이 큰 상대인 만큼 내구력도 만만하게 볼 수 없다.

길베르트의 내구력과 전투 유지력도 일반인과는 크게 다르기에 지구전에 임하면 깎아내지 못할 건 없지만, 18계층 따위에 있는 적을 상대로 시간을 들일 수 없다.

레이파는 여기서 어느 정도 코스트를 들여도 되겠다고 판단했다.

"온즈, 용의 등에서 떨어져."

레이파는 그렇게 외치면서 아이템 백 안에서 마도구를 꺼내고 있었다.

나타난 건 장식이 들어간 주홍색 대포. 레이파가 가진 마도구 중 최고 화력을 낼 수 있는 것이다.

"탄을 아끼는 것도 그만둘까."

레이파가 움켜쥔 것은 보라색의 주먹 크기 마석이다.

이 대포는 그냥 금속제 통이 아니다. 투입한 마석을 포탄으로 바꿔서 쏘는 전역급 대포다.

대포는 넣은 마석에 함유된 마력량에 비례해서 강한 위력을 가진 포탄을 날릴 수 있다.

발사까지는 시간이 걸리고, 조준하는 게 어려워서 일반적인 전투에서는 쓰기 힘든 난점이 있지만, 이번처럼 덩치가 크고 움직임이 느린 적에게는 효과적인 마도구다.

그야말로 거룡의 천적이라 할 수 있는 아이템. 대포에 이 정도로 안성맞춤인 표적은 그리 쉽게 나타나지 않을 것이다.

이 대포의 사용을 고려해서 비싼 마석을 잔뜩 준비했지만, 이 상황이라면 전부 쓸 각오로 코스트를 들여도 괜찮을지도 모른다.

최악의 경우 마석이 바닥을 드러낸다면, 다시 보충하면 된다. 지금은 빠르게 던전 공략을 진행해야 한다.

"포격 개시!"

레이파는 바로 포격을 날렸다.

마석으로 생성된 포탄이 발사되자마자 즉시 다음 마석을 장전했다.

아이템 백에 손을 넣고, 손에 닿은 마석부터 순서대로 잡아서 대포에 집어넣었다.

크오오오오오오오오오오—!

아무리 거룡이라도 이 포격의 비는 유효타인 모양이다.

사용하면 주변 지형조차 바꿔버리는 포격. 산맥이든 뭐든 깎아버리는 것도 불가능하지 않다.

"레이파 님, 그쪽으로 간다!"

길베르트가 경계하는 목소리를 냈다.

레이파도 그쯤은 각오하고 포격을 날렸다.

"미야, 미르, 리무나. 당신들은 자기 목숨을 알아서 지켜. 나는 신경 쓰지 않아도 되니까."

그렇게 말하고 조금 전 손에 든 십자가 같은 방패를 다시 움켜쥐었다. 광선이 레이파 쪽으로 날아오기 1초 전의 일이다.

"지켜라, 슈데리히."

슈데리히라 불린 방패의 십자 부분, 왼쪽 막대 부분의 빛이 사라졌다. 그러자 레이파가 두르던 안개 형태의 발광이 더욱 강해졌다.

광선과 구형 실드가 충돌했다. 광선은 간단히 튕겨났고, 반사된 궤적은 삼림을 불태웠다.

"앞으로 3스택……."

슈데리히는 빛의 에너지로 구성된 실드를 생성하는 방패다.

일반 모드에서는 일정 이하의 공격을 전부 튕겨내고, 십자의 빛이 나타내는 스택을 소모하는 것으로 네 번만 고성능 실드를 전개하는 게 가능하다.

그 밖에도 레이파는 대역의 브레이슬릿이라는 자신의 죽음을 평생 단 한 번 무효화하는 무적 아이템을 보유하고 있어서 정확하게는 앞으로 네 번의 공격을 막을 수 있지만, 이번에는 슈데리히의 스택만으로 버틸 생각이었다.

슈데리히의 스택은 던전에서 돌아가면 재충전 가능하다.

그러나 대역의 브레이슬릿을 쓸 수 있는 건 인생에서 단 한 번뿐. 귀중한 한 번을 18계층이라는 중반 층에서 소모하는 건 지나치게 아까운 일이다.

“《심판의 철퇴》.”

길베르트도 레이파가 스택을 써서 몸을 지키며 거룡을 깎아내는 선택을 한 것을 알아챈 모양이었다.

광선을 뿜어냈는데도 여전히 포격이 멈추지 않는 모습을 보자, 거룡의 공격이 자신에게 한 번이라도 많이 오도록 공격을 날렸다.

“《마법 검무》 확장형, 제2의 검— 창천의 검.”

2스택을 소비하려나 싶을 때 미르의 원호가 제때 들어왔다. 공중을 춤추는 검의 군세가 광선을 막았다.

“미르!”

“저도 도움이 될 거니까요! 최약의 칠현이라 말하게 두지 않겠어요!”

생각지도 못한 원호였기에 레이파조차도 뺨의 힘이 풀어졌다.

자기 목숨을 지키는 것에 리소스를 쏟아붓도록 명령했기에, 이건 기쁜 오산이었다.

그 후 레이파는 꼬리에서 펼쳐진 일격을 막느라 1스택을 소비했지만, 길베르트가 타깃을 되찾아 가서 한숨 돌릴 여유를 찾았다.

이 난전 사이에도 온즈는 견실하게 공격을 이어가고 있었는지, 거룡의 왼발 부분의 움직임이 멈췄다.

자기 주먹 하나로 산맥 같은 용의 사지 중 하나를 뭉개버린 것이다.

그때 용이 하늘을 향해 포효를 내지르자, 등이 빨갛게 빛났다.

이건 분화다. 분노라는 기폭제로 인해 용의 등에 있는 화산이 분출되었다.

화쇄류와 함께 상공에서 화산탄이 흩뿌려졌다.

큰일이다. 이 공격은 일반 모드의 슈데리히로는 막을 수 없다.

광선을 막는 것에 리소스를 할당하던 스택을 여기서 써버리면 포격으로 공격을 가하지 못하게 된다.

"《만록의(에스메랄다) 정령, 물을(아구아) 사용해, 대해를(오세아노) 생성》."

그러나 여기서 미야의 행동이 빨랐다. 정령술로 순식간에 상공에 바다를 만들어냈다.

압권의 광경. 하늘과 바다가 공존하는 것만으로도 놀라운데, 화산탄은 화쇄류와 함께 수중에 흡수되고 말았다.

"어때?"

미야가 의기양양한 표정을 지었다.

열 받기 그지없지만, 공적을 고려해서 무례에는 눈을 감기로 했다.

미야는 손가락을 딱 튕겼다. 거룡의 분화 공격을 모두 막아낸 대해는 그 역할을 마친 걸 깨달은 듯 터졌다.

물론 미야가 만든 바다는 상공에 떠 있을 뿐이었기에, 술식을 해제하면 레이파 일행의 머리 위에 폭포처럼 비가 쏟아지는 건 자명한 이치였다.

"……."

역시 재고하던 평가를 원래대로 되돌려야만 할지도 모른다.

"당신, 참수형이네."

"어째서?! 잘 해결했는데?!"

정말 얼빠졌달까, 빈틈투성이의 하프 엘프다.

그러나 실력만큼은 충분하고도 남기에, 머리가 딸린다는 점을 수정한다면 더욱 개화할 가능성이 있지만.

"그럼 만회하고 와. 당장 저 용을 깎아내는 거야."

레이파는 대포에 마석을 채우면서 호령했다.

이 기세라면 거룡을 쓰러뜨리는 것에 그리 시간은 걸리지 않을 터이다. 싸움은 막바지에 접어들었지만, 내심은 이미 승리를 확신하고 있었다.

상대는 고작 18계층 보스. 이 계층도 올스타를 모은『프린세스 나이츠』의 적수는 아니다.

자신의 적은 따로 있다.

노트 애슬론이나 소피를 위시한『어라이버즈』의 멤버들. 『미궁기사단』이나『리벨레이션』 같은 다른 던전 공략 파티.

그리고 왕궁에 우글거리는 적. 왕의 자리로 가는 길을 막는 자들.

그것들을 모두 쓸어버리고 무릎을 꿇리겠다. 레이파 서던 도르야말로 승자라는 걸 깨닫게 해준다.

눈앞의 적에 원수의 모습을 겹쳐보면서, 레이파와『프린세스 나이츠』는 패도(覇道)를 향해 전진했다.

『어라이버즈』와 산맥의 거룡

소피가 가입하고 나서 『어라이버즈』는 비교적 순조롭게 던전 공략을 진행했다.

원래 『어라이버즈』는 20계층까지 돌파 경험이 있는 파티다.

진이 없어졌기에 옛날의 『어라이버즈』와는 다른 형태가 되어버렸지만, 소피가 들어오게 되어 보강, 그리고 개개인의 전투 능력 향상 덕분에 예전과 비교하면 기본 실력이 높아진 파티로 완성되었다.

예전에는 중층 공략에도 고생했지만, 지금은 순식간에 다음 계층으로 나아갔다.

그리고 현재는 18계층 공략에 도전하고 있었다.

18계층은 거대한 몬스터밖에 나오지 않는 신기한 콘셉트의 계층이다.

커다란 건 몬스터만이 아니라 나무나 지형도 그래서, 하나부터 열까지 스케일이 큰 계층이었다.

"커다란 나무……."

우리는 익숙한 광경이지만, 처음 보는 소피에게는 진귀한 경치인 모양이었다.

이 계층을 찾아오자마자 소피는 주변을 돌아보며 감탄한 목소리를 냈다.

"왠지 이런 식으로 던전의 경치 하나하나에 감동하는 사람을 보는 것도 신선하네."

그런 소피의 모습을 바라보던 에린이 입을 열었다.

반면 소피는 에린의 반응에 고개를 갸웃했다.

"이상해?"

"이상한 게 아니라 신선한 거야. 『어라이버즈』에서는 그런 반응을 보이는 사람이 별로 없었으니까."

확실히 에린의 말대로다.

『어라이버즈』는 거의 1년 이상 최고 도달 계층을 갱신하지 못했다. 던전에 들어가도 모두 한 번은 본 적이 있는 경치이기에, 소피처럼 던전 내부 경치에 놀란다는 경험도 잊어가고 있었다.

"참고로 저 안쪽의 산이 있지?"

"응."

"저거, 이 계층의 보스 몬스터야."

참으로 무자비한 스포일러다. 조금 더 두근두근한 느낌을 소중히 여겨줬으면 좋겠다.

"그 시선은 뭐야……."

"그렇게 곧바로 가르쳐주면 소피의 즐거움이 사라져 버리는 것 같아서."

"처음에 이 계층에 왔을 때 노트가 했던 일이잖아?"

"그랬던가?"

“기억 안 나? 이 계층에 오자마자 바로 《색적》으로 보스의 기척을 알아내서 우리에게 보고했잖아.”

“있었지…… 그런 일도…….”

확실히 포스에게 야유를 들었던 기억이 난다.

그때의 나는 보스의 존재를 빠르게 알리는 게 좋다는 선의 100%의 심정으로 말했던 건데 말이지…….

“완전히 부메랑 발언이었습니다.”

“어째서 본인이 잊어버리는 거야…….”

“그건 죄송합니다. 그래도 소피까지 같은 처지로 만드는 것도…….”

소피에게 시선을 보냈다. 그녀는 대화 내용에 흥미가 없었는지 여느 때처럼 차가운 표정을 짓고 있었다.

“딱히 아무래도 좋아. 던전 공략에 즐거움 같은 건 바라지 않으니까.”

그건 그것대로 어떤가 싶다.

억지로 즐기라고 하지는 않지만, 던전에도 조금은 그런 플러스 감정을 기대해도 되지 않을까?

애초에 소피를 던전 탐색에 권유한 건, 단지 『어라이버즈』에 필요한 전력이었기 때문인 게 아니다.

레이파에게서 쫓겨나 자신의 인생에 절망하던 소피.

그런 그녀가 새로운 희망을 찾았으면 했다.

그런 참견이라고 할 수 있는 동기 때문에 나는 소피를 『어라이버즈』에 권유했다.

그러나 지금으로서는 그녀가 자기 인생에 희망을 찾아내는 것처럼 보이지는 않았다.

지금의 소피는 수동적으로, 의무감에 등을 떠밀려 던전 공략을 진행할 뿐이다.

손을 뻗은 우리에게 은혜를 갚기 위해 헌신적으로 『어라이버즈』에 성의를 다하고 있다.

그러나 그건 소피의 진짜 의지일까? 그녀가 하고 싶은 일일까? 올바른 관계인가? 나는 자신할 수 없었다.

이래서는 레이파 밑에 있던 시절과 아무런 변화도 없는 게 아닐까?

은혜라는 사슬로 속박하고, 우리 다섯 명의 야망을 이루기 위해 소피의 힘을 빌리는 상황. 불완전하고 일그러진 공생 관계다.

이대로 가면 안 된다고 생각하지만, 어떻게 해야 좋을지 모르겠다.

소피의 감정은 딱히 마비된 건 아니다.

실제로 이 계층에 왔을 때는 현실과 동떨어진 경치를 보고 감탄하는 목소리를 흘렸다. 적어도 경치에 감동할 정도의 마음은 가지고 있는 거다.

그러나 소피는 자기 마음에 어딘가 브레이크를 걸고 있다.

마치 행복해져서는 안 된다고, 즐겨서는 안 된다고 자신을 타이르는 듯한, 그런 인상을 받았다.

"근데 이 계층은 어쩔 거야? 어떻게 돌파할까?"

에린의 목소리로 정신을 차렸다.

그래. 지금은 던전 공략을 위해 왔다. 우선 무사히 돌파할 방법을 생각해야겠지.

"슬슬 에린과 조합해서 싸워볼까?"

그렇게 말한 건 포스였다.

"지금까지는 에린이 나서면 파티의 연계 연습이 안 되니까 쉬게 했잖아? 슬슬 나오는 몬스터도 강해졌으니, 에린이 나서더라도 문제없는 계층이지 않을까?"

『어라이버즈』의 휴식 기간 중 가장 개화한 건 에린이다.

【마력 증대·극】에 의한 무한대의 마력을 이용하여 스펠을 계속 쏴대는 것으로 숙련도를 강제로 올린다는 반칙급의 강경한 수법.

그에 따라 지금의 그녀는 걸어 다니는 마도 병기다.

최고 순도의 고화력 스펠을 무한히 쏠 수 있다. 그렇게 말하면 그녀가 얼마나 규격 외인지 알기 쉬울 거다.

그런 에린이다. 그녀가 전력을 다하면 던전 몬스터는 순식간에 잿더미가 되어버린다.

우리에게 다가오는 몬스터에게서 에린을 지키기만 해도 충분하고, 연계도 뭐고 없어진다.

그래서 17계층까지는 에린을 봉인하고 있었지만, 다가오는 심층을 위해서라도 슬슬 에린과 조합한 연습도 해두는 게 좋을지도 모른다.

"내가 나가도 괜찮아? 전부 쓰러뜨릴 텐데."

"변함없이 자신감 과잉이네."

"뭐, 기대만큼은 해둘게."

에린과 포스는 변함없이 농담을 늘어놓고 있다.

근접전의 에이스와 원거리전의 에이스.

파티의 양대 에이스는 다들 둥글어지기는 했지만, 여전히 라이벌 의식을 품고 있는 모양이다.

"나는 어떻게 움직이면 돼?"

소피가 지시를 요청했다.

에린은 머리를 쓸어 올리며 말했다.

"일단 나를 지켜. 그거면 충분해."

『어라이버즈』가 던전 탐색을 재개한 당초, 16계층에 들어갔던 에린은 혼자서 그 계층의 몬스터를 불태웠다.

화려하게 하고 싶은 그녀라면 이번에도 그만한 일을 저지를 줄은 알았지만, 예상은 크게 배신당했다. 안 좋은 의미로.

막 18층을 공략하고자 발을 내디딘 직후, 에린이 스펠을 날릴 자세를 보였다.

초고순도 마력의 기척. 대마법을 전개하려는 걸 알아챘을 때는 이미 늦었다.

에린의 뒤에 나타난 마법진에서 에너지 덩어리가 방출됐다.

마력의 흐름. 보는 사람에게 흉조를 예감케 하는 반짝이는 빛이 포물선을 그리며 하늘을 내달렸다.

그대로 푸른 하늘로 사라진다 싶었는데, 멀리서 메마른 파열음이 들렸다.

순간 뭘 한 건지 전혀 알 수 없었지만, 나중에 일어난 땅울림으로 모든 걸 이해했다.

이 녀석, 개막하자마자 보스 몬스터에게 선전포고하는 공격을 날려버렸다.

도중에 나오는 잔챙이 몬스터 따위는 상대가 아니다. 나는 보스 말고는 흥미가 없다. 자고만 있지 말고 당장 나와라.

그렇게 말하려는 듯한 무지막지한 발포.

보스 방 같은 그런 사양을 완전히 무시한, 던전에 대한 모독이라 할 수 있는 행위.

그런 의도가 전해졌는지, 거룡은 분노의 포효를 내질렀다. 잠에서 깨어나 완전히 이쪽을 노리고 있다.

"이거 어쩔 거야……."

보스를 깨운 건 뭐 허용할 수 있지만, 문제는 정식 절차를 밟지 않았다는 거다.

보스를 깨울 정도의 일격이라면 주변에 있는 몬스터도 당연히 우리의 기척을 알아챘다.

그것만이라면 낫지만, 중간 보스조차도 아직 쓰러뜨리지 못한 상황이니 당연히 중간 보스의 기척도 나타나기 시작했다.

"이 계층 전체의 적과 싸우는 셈인데?"

"그게 어쨌다는 거야. 그 정도의 힘이 없다면 그 21층은 돌파할 수 없잖아?"

에린도 나름대로 이것저것 고민한 뒤의 행동이었던 모양이지만, 정말이지 엉망진창의 논리다.

적어도 행동에 들어가기 전에 한 마디 해줬으면 했다. 그러면 허가할지 말지 정할 수 있었건만.

"잔챙이 몬스터는 로즈리아와 소피가 끌어들여 줘. 포스 씨는 중간 보스를 빨리 정리해 주세요. 에린은 보스를 깨운 책임을 혼자 지고."

"알고 있어. 저 녀석을 혼자 처리하면 되잖아?"

"정말로 알고 있으면 좋겠는데……."

잔챙이 몬스터의 숫자는 끝이 없기에, 로즈리아와 소피의 손이 비는 일은 거의 없을 것이다.

얼마나 빨리 포스가 중간 보스를 처리하고, 상황이 호전되는지가 열쇠가 되겠지.

이쪽이 향후 전망을 세우는 사이에도 에린은 끊임없이 스펠을 쏘고 있다.

점점 산맥이 다가오는 게 보였다. 거룡은 불손한 마도사를 자신의 사거리 안에 넣기 위해 공격의 비를 한 몸으로 받아내면서도 걸음을 멈추지 않았다.

아무리 에린이 칠현자에 필적할 정도의 마도사라 해도, 인간이다.

그녀가 날리는 마법에는 위력의 한계가 있고, 수십 킬로미터를 넘는 초장거리 탄도라면 위력이 감소하는 것도 자연스러운 이치다.

거룡의 사거리 안에 들어가기 전에 체력을 모두 깎아내는 건 불가능해 보인다.

“포스 씨. 2시 방향에 중간 보스가 와요.”

“그래.”

이미 포스는 갈고닦은 감각으로 접근하는 강적의 존재를 감지한 모양이다.

내가 정보를 주기 전에 내달리고 있었다.

“아직 버프 스펠 걸지 않은 거예요! 기다리는 거예요!”

내달리는 포스를 네메가 제지했다. 너무나도 빠른 개전이어서 신관의 지원이 따라가지 못한다.

포스는 황급히 지팡이에 기도를 담는 네메에게는 눈길도 주지 않고 한마디.

“필요 없어.”

그 반응은 네메도 예상 밖이었는지—.

“너무해요! 대체 뭔가요! 네메는 필요 없는 아이였나요?!”

얼굴을 새빨갛게 물들이며 화를 냈다.

지원 스펠을 걸던 손을 멈추고 지팡이를 붕붕 휘두르면서 분노를 흩뿌렸다.

“이제 포스 같은 건 모르는 거예요. 이제 평생 스펠 안 걸어줄 거예요. 몬스터에게 당해도 회복 안 해줄 거예요.”

“그렇게 토라지지 마. 딱히 네메가 필요 없는 아이라서 그런 건 아니야.”

“그럼 뭔가요?”

“어차피 21계층에서는 네메의 스펠이 봉인되잖냐. 그럼 지원 없는 전투를 경험해 보는 게 낫지 않아?”

의외로 포스에게도 깊은 생각이 있었던 모양이다. 그도 나름대로 제대로 생각해서 꺼낸 발언이었다. 말투는 좀 그렇지만.

뭐, 그래도 이런 궁지에서 그런 도전에 나서는 건 위험한 것 같아서 끼어들기로 했다.

“괜찮을까요? 이런 상황인데. 연옥 없이 중간 보스를 재빠르게 처리하실 수 있나요?”

연옥은 포스가 사용하는 요도다. 자신의 몸을 불태우는 대신 격이 다른 절삭력과 저주와도 같은 흑염을 흩뿌리는 흉흉한 도.

예전의 포스는 자신의 【마법 내성·대】와 네메의 지속 회복 스펠로 연옥의 대가를 버텨내는 전법을 쓰고 있었지만, 다른 한 자루인 대가가 없는 명도 황박만으로 중간 보스를 쓰러뜨리려는 걸까?

그러나, 포스는 그런 예상을 배신하는 대답을 입에 담았다.

"아니, 연옥은 쓸 거야."

"하지만 그래서는—."

"말해두는데, 성장한 건 에린만이 아니라고."

포스는 검은 칼집에서 옥염(獄炎)을 흩뿌리는 도신을 뽑아내며 자세를 잡았다.

"이미 네메의 지원 없이도 연옥을 쓸 수 있다는 뜻이야."

과연. 포스도 21계층 대책을 확실하게 세워놨다는 건가.

포스에게 있어서 함께 파티를 세웠던 진의 존재는 다른 멤버와는 일선을 그을 것이다.

이른바 파트너라 할 수 있는 존재를 빼앗은 21계층 보스. 그런 원수를 쓰러뜨리기 위한 준비에 만전을 기했다.

"그럼 네메의 역할은 뭔가요?!"

"그러니까, 필요 없어."

"까~앙, 인 거예요!"

네메가 노골적으로 침울해졌다.

어쩔 수 없긴 하단 말이지. 21계층에서는 보스 때문에 네메의 신성술 스펠이 봉인된다. 네메 없는 전투를 고려하는 건 당연했다.

그만큼, 이후 계층에서는 네메의 스펠도 쓰게 될 테니까 마음껏 의지하겠지만.

포스가 숲으로 사라진 직후, 검격음이 울려 퍼졌다. 아무래도 중간 보스와 교전을 시작한 모양이다.

혼자서 싸우고 있다는 것에 안도하고 있는데, 이번에는 정면에서 뭔가 불온한 기척이.

바라보니, 거룡의 입에서 다이아몬드 같은 광채가 보였다.

저건 그런 아름다운 것이 아니다. 광선이다. 적의 사거리 안에 도달한 거다.

"소피, 방어 스펠을 전개해서—."

"알았어."

소피가 정령술 영창을 하려고 입을 열기도 전에, 뒤에서 막대한 마력의 기척.

"필요 없어."

지팡이에서 일섬. 아니, 일섬이라기에는 너무 두꺼운 마력의 격류.

발사된 광선과 정면에서 부딪치려는 형태로 레이저 빔이 에린에게서 발사되었다.

"맞받아칠 생각이냐고……."

압권의 광경. 거룡의 입에서 발사된 광선과 에린의 레이저 빔이 호각으로 맞부딪치고 있다.

호각이라고 해도 사실은 에린 쪽이 밀어내고 있었고, 거룡은 자신에게 쏟아지는 광선을 피하려는 듯 고개를 틀어서 닥쳐오는 레이저의 궤도를 돌렸다.

"처치하지 못했네. 그대로 스펠을 입속에 꽂아 넣었으면 간단히 쓰러뜨렸을 텐데."

"먼저 그거구나……."

자기보다 수천 배 이상은 거대한 몬스터에게 위력 승부로 정면에서 경쟁하는 것만으로도 놀라운데, 그 이상을 보고 승부에 도전하고 있을 줄이야.

뭐랄까, 바라보는 세계가 너무 다르다. 에린은 자기 혼자만의 힘으로 거룡을 타도하는 것밖에 보이지 않는 것 같다.

"자, 간다. 다음!"

에린은 끊임없이 스펠을 날렸다.

반면 거룡은 광선을 날리려면 충전이 필요한 모양이었다. 반격할 새도 없이 공격을 한 몸에 받고 있다.

충전이 되어도 날아가는 광선은 즉각 에린의 스펠에 격추된다. 일방적인 살육극.

거룡은 대미지를 계속 받아서 분노 모드에 돌입했다.

분노 모드라는 건 네메가 편의상 붙인 이름인데, 요컨대 체력이 일정 이하로 내려가면 거룡의 등에 있는 산이 활화산으로 변해서 범위 공격을 날린다.

등이 빨갛게 빛나더니 섬광이 터졌다. 분노한 산은 굉음과 함께 용암과 화산탄을 흩뿌렸다.

"《수상광속(樹狀光束)!》"

발사되는 화산탄. 에린은 그걸 몇 겹이나 분기되는 레이저로 격추했다.

용암이 터지면서 숲의 몬스터들이 차례차례 사멸하는 게 보인다.

소피의 마음을 움직였던 거대 수목의 광경은 완전히 사라졌고, 화산탄과 에린이 날리는 스펠의 유탄에 의해 불타오르는 숲이 퍼져만 갔다.

거룡의 공격은 화산을 분화시키는 것만이 아니다. 용암을 흩뿌리면서도 광선을 날렸다.

조금 전보다 열량이 더해진 붉은 광선. 에린은 분기하는 레이저 마법을 쏘면서 요격에 나섰다.

"로즈리아, 소피. 자잘한 공격의 처리는 맡길게! 《굉포사격(轟砲射擊)!》"

자잘한 공격이란 화산탄을 말하는 것이리라. 이중 발동(더블 캐스트)을 쓰지 못하는 에린은 적의 화산탄 공격의 요격을 포기하고 더 위험도 높은 광선의 처리에 집중하려는 모양이다.

그러나 자잘한 공격이라고 해도 화산탄은 몇 미터를 자랑한다. 맞으면 일반인은 즉사하고 만다.

그리고 로즈리아와 소피는 보스 이외의 몬스터를 처리하느라 바쁘다. 갑자기 그런 말을 해도 대응할 수 있을 리 없다.

"알았어."

그렇게 생각했는데, 의외로 대답이 돌아왔다. 이 목소리는 소피다.

"《수성의(프론테) 정령, 대지를(티에라) 사용해, 벽을(파라드) 생성.》"

정령술로 흙벽을 만들어서 『어라이버즈』에게 다가오는 화산탄을 막았다.

그러나 그녀의 주변에는 무수한 적이 있다. 거대한 몬스터들은 거룡의 공격을 막느라 필사적이던 소피를 덮쳤다.

"소피!"

달려가는 게 한발 늦었다.

거대한 코끼리의 발차기가 그녀의 몸통에 직격했다. 그녀는 그대로 몸을 기역 자로 굽히며 날아갔다.

아무리 【철벽】 스킬을 가진 소피라도 상대는 18계층의 적이다. 지금의 직격은 꽤 위험하다.

다가오는 몬스터 무리를 피하면서 도우러 가려고 해도, 적의 숫자와 하늘에서 떨어지는 화산탄에 방해받아서 접근하기가 어려웠다.

"네메 누나, 회복 스펠을."

"알았다는 거예요!"

네메의 회복 스펠이 닿아서 소피의 몸이 녹색으로 빛났지만, 이번에는 근처에 있던 사이클롭스가 곤봉을 들어서 그대로 소피의 머리를 향해 내리쳤다. 둔중한 소리가 울린다.

"《절영》."

이제는 적의 공격이 조금 스치더라도 상관없다. 강제로 몬스터를 돌파해서 소피에게 육박했다.

단번에 공격을 가한 사이클롭스에게 도달했다. 주저하지

않고, 일섬.

“《마법 장저(스펠 샷)》!”

한 번의 전투에 두 번까지밖에 쓸 수 없는 큰 기술. 내가 던전 몬스터에 대미지를 줄 수 있는 유일한 공격. 에린의 마법을 담은 제곱 공격을 잿빛의 거구에 날렸다.

사이클롭스의 거구에 구멍이 뚫렸다. 일격에 치명상이라는 걸 알 수 있는 구멍이다.

“소피, 괜찮아?”

황급히 지면에 누운 소피에게 말을 걸었다. 머리에서 피를 흘리고 있고, 손도 이상한 방향으로 꺾였다.

그러나, 아직 숨은 붙어있었다.

“괜찮아. 벽을 생성(파레드)은 풀리지 않았어.”

몸을 움직이지 못하고 있는데도 엉뚱한 대답을 해왔다.

네메의 회복 스펠이 통하고 있는 걸 확인하면서 그녀를 안고 일단 전선을 이탈했다.

“그쪽이 아니라, 소피의 몸 말이야.”

“나는 괜찮아. 어지간하면 안 죽으니까.”

“그런 문제가 아니잖아.”

소피가 맞은 공격은 목숨을 앗아가지는 않았지만, 그녀의 목숨을 앗아갈 방아쇠에 손가락을 걸었다.

입에서 피를 흘리고 있는 걸 보면 내장이 손상된 건 명백하고, 골절도 당했다. 네메의 회복 스펠이 없었다면 조만간 죽었을 터이다.

"미안. 중간 보스 겨우 잡았어."

아무래도 포스의 손에 겨우 빈 모양이다. 포스에게는 그대로 잔챙이 몬스터 처리를 맡기기로 했다.

소피의 부상도 네메가 완치시킬 수 있겠지만, 여기서는 쉬게 해주는 게 좋겠지.

그렇게 생각하면서 네메 근처에 재우려고 했는데, 소피가 내 어깨를 잡았다.

"괜찮아. 나는 나았으니까, 싸울 수 있어."

"그래도—."

"여기는 던전 안. 조금 다쳤다고 쉬겠다는 무른 소리는 할 수 없어. 그렇잖아?"

"그렇기는 하지만……."

소피의 주장은 이해할 수 있다.

포스의 손이 비어서 여유가 생겼다고는 해도, 여전히 방심할 수 없는 상황이다. 긴장을 풀면 또 누군가가 치명상을 입을 가능성이 있다.

"그럼, 나는 갈 테니까."

그러나 납득할 수 없는 나를 제쳐놓은 채, 소피는 주변에 있는 잔챙이 몬스터를 향해 달려갔다.

세상은 그녀에게 다정하지 않지만

18계층의 보스 몬스터를 무사히 쓰러뜨리는 데 성공했지만, 계층 입구 주변에서 싸우기도 했기에 다음 계층으로 가는 길은 길었다.

해도 저물었기에, 파티는 야영 준비를 시작하게 되었다.

아이템 백에서 야영에 필요한 도구를 꺼내는 와중, 파티의 화제는 조금 전 전투 이야기로 돌아갔다.

"그러니까 반성하고 있다니까!"

"정말인가요오?"

거칠게 외치는 에린과 도발하는 시선을 보내는 로즈리아. 여느 때의 일촉즉발 상황이다.

"멋대로 보스에게 싸움을 걸고, 그 탓에 소피 씨가 위험에 처했잖아요. 반성하고 있다면 제 몫의 준비를 대신 해주세요."

"그러니까 왜 네 몫의 준비를 해야 하는데! 그게 이상하다는 거잖아!"

"반성의 기색이 안 보이네요. 적반하장인가요?"

"정당한 분노야! 적어도 소피 몫의 준비를 하는 거라면 이해하겠지만!"

조금 전 보스와의 전투. 거기서 에린은 앞뒤 고려하지 않고 거룡에게 싸움을 걸었다.

그 결과, 중간 보스나 주변의 잔챙이 몬스터까지 뒤엉키는 난전이 되고 말았다.

난전으로 인해 보스 이외의 몬스터 처리에 인원이 할당되었고, 에린이 혼자 보스와 싸우는 상황이 되었다.

그것만이라면 그나마 허용할 수 있지만, 분노 모드에 들어간 적의 공격을 혼자 처리하지 못한다고 판단한 그녀는 보스의 범위 공격 대처를 다른 멤버에게 떠넘겼다.

그리고 억지로 범위 공격 대처를 맡아버린 소피가 허용량을 넘어서서 부상.

이상의 결과로 에린에 대한 재판이 열렸다.

피고인은 전면적으로 잘못을 인정하고 있다. 반성의 기색도 보인다.

반면, 검찰관은 피고의 잘못을 인정하는 것에 덧붙여서 말도 안 되는 형벌을 요구하고 있었다.

누가 정의인지 정말 모르겠네.

"그럼 소피와 제 몫을 도와주는 건 어떤가요?"

"『어떤가요?』가 아니잖아! 전혀 좋지 않아! 소피 몫의 준비가 빠진 게 아니라, 네 몫을 해야만 한다는 것에 불평하는 거라고!"

"생각해 보세요. 소피 씨가 다치지 않았다면 지금쯤 제가 제 몫의 준비를 소피 씨에게 도와달라고 했을 거라고요. 그

게 에린 씨 때문에 하기 힘든 분위기가 되어버렸어요. 책임을 지는 게 당연하잖아요?"

"왜 자기 몫의 준비를 소피에게 도와달라고 하는 건데! 부상 유무와는 상관없이 자기 몫은 자기가 하라고!"

완전히 에린의 말이 올바르다. 정의는 에린에게 있었다.

피고인의 승소. 터무니없는 역전재판이다.

나중에 남에게 도움을 떠넘겼다는 죄목으로 검찰관을 기소하기로 하자.

"나는 신경 쓰지 않아도 돼. 뭣하면 두 사람의 준비를 내가 할 테니까."

"이봐."

여기서 피해자가 나오지 말아 줄래요. 이야기가 복잡해지니까.

그런 말을 나누고 있는데—.

"그럼 부탁할게요."

"부탁하지 말라고!"

거친 목소리를 낸 건 에린이다.

"그렇게 휙휙 떠맡지 마! 로즈리아가 기고만장하잖아! 소피는 오늘 아무것도 안 해도 되니까! 내가 할 테니까 천천히 쉬고 있어."

"그럼 제 몫도—."

"할 리가 없잖아!"

에린이 로즈리아에게 일갈했다.

조금 전 전투에서는 소피에게 폐를 끼쳤던 에린이지만, 딱히 그녀에게 악의가 있었던 건 아니다.

오히려 지금 대화처럼 소피를 충분히 염려해 주고 있을 정도다. 거룡과의 전투에서는 그저 주변이 보이지 않았던 거다.

여느 때처럼 머리가 모자란 에린이었을 뿐이다.

"부상은 이미 나았어. 휴식은 필요 없어."

그러나 그 다정함도 정작 소피에게는 전해지지 않았는지, 미묘하게 맞물리지 않고 있었다.

"나았든 안 나았든 상관없이 조금은 쉬라고."

"괜찮아. 내 역할을 다해야 해."

"당신은 어째서 그렇게 완고한 거야?"

"나는 나의 방식을 관철하고 있을 뿐. 그게 문제?"

"자자."

이 이상 달아오르면 싸우게 될 것 같아서 중재에 들어갔다.

서로 타인을 생각하며 발언하고 있을 텐데, 어째서 이렇게 말다툼을 하게 되는 거냐고. 어이없다는 마음으로 가득하다.

"일단 묵을 준비를 시작하자. 말다툼은 나중에."

"알았어."

에린은 숨을 크게 내쉬면서 어깨를 떨궜다. 소피는 말없이 이쪽을 바라보고 있다.

"소피는 몸 괜찮아?"

"응. 문제없어."

"알았어. 그럼 도움을 받겠지만, 가벼운 작업이면 되겠지? 무거운 작업은 벌로 두 사람에게 시킬 테니까."

그렇게 말하며 에린과 로즈리아를 손으로 가리켰다.

에린은 납득하며 끄덕였지만, 다른 한 쪽은 눈을 동그랗게 떴다.

"어째서 저도 하는 거죠?!"

"소피에게 일을 떠넘기려 한 벌."

"어째서인가요?! 미수잖아요?!"

"그럼 정정. 지금까지 소피에게 잡일을 떠넘겼던 벌."

"큭……. 그건 변명할 수가 없네요……."

로즈리아가 입술을 깨물며 쓰라린 표정을 지었다.

"이 이상 잡일을 땡땡이치면 노트의 호감도가 내려갈 것 같으니까, 여기서는 흔쾌히 받아들이기로 할까요."

"그걸 입 밖으로 꺼내는 시점에서 의미 없어 보이는데……."

여기까지 말하면 로즈리아도 일을 하겠지.

로즈리아도 뿌리는 그렇게 나쁜 사람은 아니다. 아마도…….

"이러면 되겠지?"

소피를 돌아보며 물었다. 그녀는 납득이 가는 듯도, 안 가는 듯도 한 애매한 표정으로 이쪽을 바라봤다.

"뭐어……."

*

헌신적인 건 칭찬해야 할 일일지도 모르지만, 소피는 도가 지나치다. 조금 전 보스전처럼 전투에 지장을 초래해서는 이미 늦다.

그렇게 생각한 나는 이날 밤 소피를 불렀다.

텐트에서 떨어진 강기슭에서 혼자 기다리자, 소녀의 그림자가 나타났다.

졸린 눈동자. 밤의 어둠에 녹아드는 흑발. 메이드복 같은 독특한 갑옷.

그게 기다리던 사람이라는 건 한눈에 알았다.

"왔구나."

나무 틈에서 모습을 드러낸 그녀에게 말을 걸었다.

밤하늘에 펼쳐진 별들과 달빛에 비치던 소녀가 입을 열었다.

"뭔데? 고백?"

"……."

은근히 진지한 대화를 하려고 했는데, 이야기가 시작부터 바로 꺾여버렸다.

확실히 이런 밤에 남자가 여자를 불러낸다면 그렇게 생각하는 것도 무리는 아닐지도 모른다.

그리고 소피니까. 그녀는 농담 같은 걸 할 타입이 아니니, 진심으로 착각한 모양이었다.

"미안하지만 노트를 이성으로 보지는 않아. 앞으로도 볼 일은 없을 거야. 솔직히 고백 같은 걸 받으면 곤란해."

"저기……."

"그래도 노트에게는 이 파티에 넣어준 은혜가 있어. 은혜는 갚아야만 해. 정 원한다면, 싫기는 하지만 어쩔 수 없이 받아주겠어."

"아니거든……."

"그래?"

"응……. 전혀 다른 용건……."

"그렇구나……."

고백도 하지 않았는데 느닷없이 파티 멤버에게 차인 남자와 완전히 착각해서 파티 멤버를 차버린 여자.

두 사람 사이에 거북한 침묵이 흘렀다.

평소에는 자리의 분위기 같은 건 읽지 않는 소피조차도 지금은 거북해졌는지 눈을 돌리면서 주저하고 있었다.

"미안……."

"착각하게 만든 것도 잘못이니까……."

둘 다 사과했지만, 거북한 분위기는 씻을 수 없었다.

진지한 대화를 나눌 수 있게 소피를 혼자 불렀는데, 그게 완전히 역효과가 나고 말았다.

다른 사람을 불렀다면 이런 착각은 없었을 거고, 거북한 분위기도 즉각 씻어내 줬을지도 모른다.

하지만 여기서 거북함을 못 이기고 침묵해봤자 사태는 호전되지 않기에, 불러낸 이유를 밝히기로 했다.

“저기, 소피는『어라이버즈』에 들어온 걸 후회해?”

“후회?”

갑작스러운 질문을 듣자, 그녀는 당혹스러워 보였다.

“응, 후회.”

그래도 나는 말을 이어가는 걸 선택했다.

“파티에 권유했을 때, 소피를 억지에 가까운 형태로 넣었잖아. 거절하기 힘들었다고 생각하거든. 은혜에 파고드는 형태였고. 그래서 어쩌면 사실은『어라이버즈』에 들어와 던전 탐색 같은 걸 하고 싶지 않았던 건가 해서…….”

소피는 자신이 받은 은혜를 무엇보다 중요시하는 사람이다.

조금 전 대화에서도 그렇다. 이성으로 보지도 않는, 앞으로도 볼 일이 없는 상대에게도 은혜만 있다면 어쩔 수 없이 사귀겠다고 말한 거다.

좋아하지도 않는 상대와도 교제할 정도라면, 익숙하지 않은 파티에 들어와서 흥미도 없는 던전 공략을 하는 것 정도는 간단할 거다.

“어째서 그렇게 생각해?”

소피가 물었다. 그녀의 생각을 읽어보려 했지만, 그 검은 눈동자에서는 어떤 종류의 감정도 엿볼 수 없었다.

“어째서일까. 때때로 괴로워하는 것처럼 보이기 때문이라고 하는 게 맞으려나?"

말을 고르면서 입을 열었다.

"즐겁지 않다는 건 그나마 이해해. 소피는 던전 공략을 이제 막 시작해서 앞뒤도 모를 테니까. 『어라이버즈』도 이미 한 번 경험한 계층을 다시 반복하기만 하는 거라 신선미가 없거든. 그러니까 소피가 즐거워하지 않는 건 물론 이해할 수 있어."

아무리 말을 이어도, 그녀의 얼굴에서는 아무런 감정도 떠오르지 않았다.

내가 하는 말이 옳은 건지, 전혀 엉뚱한 말인지. 그것조차도 모르는 이 상황은 어둠 속에서 손을 더듬으며 걷고 있는 듯했다.

"파티 멤버와 거리를 두는 것도 이해해. 이제 막 들어왔으니까. 다들 개성이 강하니까, 직접 나서서 얽히는 게 마음에 걸린다는 건 납득할 수 있어."

단순 맞장구라도 좋으니까 반응이 필요하다. 그러나 고막에서는 숲속 먼 곳에서 아련히 들리는 소리와 그녀의 숨소리밖에 들려오지 않았다.

"하지만, 그렇지는 않잖아?"

그래도 나는 소피에게 발을 내디디기로 했다.

"소피는 『어라이버즈』의 생활을 괴롭게 생각하고 있어. 그런 느낌이 들어."

"……딱히 그렇게 생각하지 않아. 근거는?"

잠깐이지만, 어둠 속에서 눈동자가 흔들린 것 같았다.

그 미약한 동요를 발견하지 못했더라도, 이 상황에서 근거를 묻는 건 자백한 거나 다름없다.

"소피는 『어라이버즈』에 들어오고 나서 헌신적인 모습을 보여줬지? 로즈리아의 잡일을 떠맡거나, 자기를 희생해서 몬스터의 공격을 막거나."

그건 파티의 누구나 인정하는 일이다.

로즈리아의 떠넘기는 것에 가까운 가사 담당을 솔선해서 맡거나, 네메를 위해 과자를 만들거나.

그리고 조금 전 18계층 보스 전투에서는 잔챙이 몬스터 무리를 처리하느라 바쁜데도 불구하고 에린의 부탁을 받아서 『어라이버즈』 전체를 지키는 선택을 했다.

그 이상하다고 말할 수밖에 없을 정도의 헌신적인 행위.

"소피는 어째서 그렇게까지 하는 거야?"

"그건 은혜가 있으니까—."

"**그 정도**의 은혜는 없어."

이것이 바로 내가 느꼈던 의구심. 소피가 품고 있는 위화감 그 자체다.

"레이파 님을 섬기는 건 그나마 이해해. 전에 말했잖아? 부모님이 죽고 귀족의 지위 같은 걸 전부 잃어버렸을 때 손을 내밀어준 게 레이파 님이라고."

레이파 밑에서 감금당했을 때 소피의 입에서 들은 에피소드다.

어째서 그 포학 왕녀를 섬기는지 물어봤을 때, 그녀는 그렇게 대답했다.

"그러니까 예전 소피의 행동은 이해할 수 있었어. 나를 감금한 것도, 빗속에서 나를 습격한 것도, 소피는 레이파 님에게 진심으로 충성을 맹세하고 움직였으니까."

"……."

소피는 무언으로 대답했다. 설령 충성을 맹세한 주인에게 버림받았더라도, 그녀의 충성심은 여전히 타오르고 있다. 침묵이 웅변해 주고 있었다.

"하지만 우리가 한 일은 병 주고 약 준 셈이잖아. 우리 때문에 따르던 상대와 사는 곳을 잃어버린 소피에게 『어라이버즈』라는 장소를 제공했을 뿐이야. 소피가 레이파 님에게 받은 은혜와는 비교도 되지 않아."

딱히 소피에게 대단한 일을 해준 것도 아니다.

원망할지언정 충성을 맹세할 정도의 은혜를 입히지는 않았다.

"실제로 소피는 이 파티에 들어올 때 말했잖아. 던전 제패를 위해 몸을 바치겠다고. 소피는 『어라이버즈』 자체에 충성을 맹세한 게 아니야. 그저 은혜를 갚기 위해 던전 제패에 협력한다고 말했어."

그건 커다란 차이다.

던전 제패를 위해 몸을 바치겠다고 선언한 소피.

그러나 정작 그녀는 던전 제패와는 상관없는 일까지 손을 뻗어서 은혜가 있다며 순종적으로 일하고 있다.

"던전 공략만으로도 은혜는 더하고 빼서 제로가 되었을 거야. 그런데 소피는 당연하다는 듯이 다른 멤버의 도우미까지 솔선해서 하고 있어. 아니야?"

은혜라는 것에 남보다 더욱 민감한 그녀다. 이 차이를 알아채지 못할 리가 없다.

왜냐하면, 소피는 단순히 순종적인 기사가 아니니까. 받은 은혜에 순종적인 기사다.

"……."

그녀는 무언으로 대답했다. 무표정의 가면은 이미 벗겨졌고, 동요한 기색을 드러내고 있다.

침을 삼키는 소리가 들렸다. 숲속 나무의 정숙이 한층 그녀를 몰아세웠다.

"나는 그걸 자신에게 벌을 주려는 것처럼 보였어. 은혜 때문이 아니야. 마치 자신은 행복해져선 안 된다는 듯이 행동하고 있으니까."

확신을 가진 건 바로 조금 전의 전투다. 원래부터 전조는 느끼고 있었지만, 그 거룡과의 전투에서 확신에 이르렀다.

그때 소피는 몸을 던져서 파티 전체를 지키는 걸 선택했다.

그러나 그 행동은 본래 잘못된 행동이었다. 범위 공격을 막기 위해 자신의 몸을 희생한다면, 그 직후 기다리고 있던 잔챙이 몬스터들이 몰려들게 된다.

결과적으로 진행은 붕괴하고, 몬스터에게 당해버릴 가능성도 있을 수 있었다.

그 상황에서 정답이었던 행동은, 소피가 범위 공격을 받아내는 사이 잔챙이 몬스터의 처리를 나나 로즈리아에게 할당하는 것이다.

냉정한 소피가 그걸 생각하지 않았을 리가 없다.

저층에서 있었던 전투 반성회에서는 로즈리아에게 자신의 의견을 기탄없이 던졌던 일도 있었으니, 타인에게 잔챙이 몬스터 처리를 넘기는 걸 주저하는 것도 아니다.

그렇다. 그건 완전히 자살에 가까운 행동이었다.

파티의 일원으로 해야 할 최적의 해답을 버리고, 자신을 위한 자해 행위에 나섰다.

그렇기에 나는 벌이라고 생각했던 거다.

"혹시, 『어라이버즈』에 들어와서 레이파 님에게 미안하다고 생각하고 있어? 레이파 님의 적인 우리에게는 사실 힘을 빌려주고 싶지 않다. 하지만 우리에게도 은혜가 있다. 던전 제패를 돕겠다고 약속했다. 그 사이에서 괴로워하고 있는 거 아니야?"

"……아니야."

"만약 그러면 무리하지 말고 우리의 약속 같은 건 버려도 돼. 소피가 정말로 소중히 여기고 싶은 건 레이파 님을 향한 충성이잖아? 그쪽을 우선해도 되니까."

"아니라고!"

"나는 소피가 조금이나마 행복해졌으면 해서 이 파티에 권유한 거야. 그걸 후회한다면 본말전도잖아. 자신을 벌주는 일을 할 바에는 던전 공략 같은 건 도와주지 않아도 돼."

"정말로 아니야!"

소피는 어깨를 떨면서 외쳤다. 그녀와는 어울리지 않는 감정의 폭발.

눈을 꽉 감으면서 주먹을 움켜쥐고 있다.

"확실히 나는 노트의 말처럼 자신을 벌주려고 했어. 자신은 괴로워해야 한다고 생각했어."

그건 고백이었다. 그녀의 입에서 처음으로 나오는, 『어라이버즈』의 일상에서 느꼈던 심정.

"하지만, 마지막은 아니야. 레이파 전하에게는 죄송한 마음이 있지만, 그 일로 죄책감을 느낀 건 아니야."

"그럼, 어째서—."

입에서 튀어나온 말. 그러나 소피는 그 질문만큼은 대답하지 않고 고개를 내저었다.

"말하고 싶지 않아."

명확한 거절. 이 이상 파고들지 말라는 의사표시.

소피가 이렇게까지 자신의 소망을 직접적으로 표현하는 건 드물다. 원래는 어떻게든 존중해 주고 싶다.

그러나 여기서 파고들지 않는다면. 그녀의 고통을 보고도 못 본 척한다면, 아무것도 변하지 않는다.

지금처럼 한 명의 파티 멤버로는 불건전한 충성의 형태만이 남고 만다.

그러니, 물고 늘어지는 걸 그만둘 수 없다.

"말하고 싶지 않은 건 알겠어. 그럼 어째서 말하고 싶지 않은지 가르쳐줘."

"……."

그녀는 망설이듯 주변을 돌아보고는, 입을 열었다.

"그건, 나는 노트네가 생각하는 만큼 깨끗한 사람이 아니니까."

깨끗함. 그녀는 그 말의 의도를 보충하듯이 말했다.

"나에게도 추한 감정은 있어. 누군가에게 잘 보이고 싶다거나, 미움받고 싶지 않다거나. 인간관계의 겉면만 수습하려는, 나 자신이 본래 싫어했던 감정에 지배당하는 추한 인간이니까."

그리고, 크게 숨을 들이쉬면서 말했다.

"내가 숨기는 걸 알게 되면, 분명 당신들은 나를 싫어하게 될 거야. 그게 무서워."

소피가 그런 생각을 품고『어라이버즈』에서 생활하고 있을 줄은 몰랐다.

사람은 누구나 고민이나 고통이나 약함을 안고 살아간다. 나도, 에린도, 포스도, 진도, 미야도.

그건 내가 던전 공략에 나서게 되면서, 사람과 정면으로 마주하게 되면서 처음으로 알게 된 일이다.

미야에게 버림받고, 자포자기 상태로 타인과 깊게 얽히려 하지 않았던 옛날의 자신은 깨닫지 못했던 사실.

그 시절의 나는 자신만이 불행하다고 생각했다. 축복받은 인간은 모두 행복하다고 생각했다.

그러나 행복이나 불행 같은 건 겉으로 보이는 게 아니다. 종종 우리는 타인에게 두 종류의 딱지를 붙여서 판단해 버리지만.

분명 그건 잘못된 일이다. 누구나 행복과 불행을 안고 살아간다. 행복과 불행은 상반된 감정이 아니다.

그건 눈앞의 소녀에게도 할 수 있는 말이기에—.

"의외라고 생각할지도 모르지만, 나는『어라이버즈』의 생활이 싫지 않았어. 이러니저러니 해도 즐겁다고 생각하는 자신이 있었어. 이런 건 처음이었으니까. 아버님과 어머님이 죽고, 레이파 님이 거둬주시고 나서, 나는 전하의 충실한 부하로 평생을 마칠 줄 알았어."

소피는 더듬더듬 자신의 감정을 토로했다.

"비슷한 또래 사람과 이렇게 대등한 관계를 구축하며 시간을 보내는 일이 없었으니까. 신선했으니까 즐거웠어. 그래서, 동시에 괴로웠어."

나도 알게 모르게 그녀에게 불행한 소녀라는 딱지를 붙였던 거겠지.

요컨대 소피에 대해 아무것도 몰랐던 거다.

평소에 신경 쓰는 척하면서도 실제로는 그녀와 마주하고 있지 못했다.

그녀가 무엇을 생각하고, 무엇을 고민하는가. 전혀 이해하지 못했다.

"나에게는 죄가 있으니까. 당신들에게 중요한 걸 숨기고 있으니까."

그리고, 소피는 내 눈을 바라보며 말했다.

"사실은 말하고 싶지 않아. 미움 받고 싶지 않아. 하지만, 언제까지고 숨길 수 있다고 생각하지 않았어. 언젠가 들킬 것 같았어. 원하던 일상이 언제까지고 이어지지 않는다는 건 나 자신이 제일 잘 알고 있으니까."

그 눈동자는 뜨거워져 있었다. 당장에라도 눈물을 흘릴 것만 같았다.

"어차피 끝나는 거라면, 나 자신의 손으로 끝내겠어. 알고 싶다면, 전부 가르쳐 줄게."

그러나 그녀는 울지 않았다. 울지 않도록 노력하면서, 입을 열었다.

"나의 이름은 소피 딘라크. 이렇게 말하면 알겠어?"

모른다. 그런 의미를 담아서 고개를 내저었다.

「그렇다면—」이라고 작게 중얼거린 그녀가 말했다.

"당신 파티에 있던 진에게 부모를 살해당한 귀족의 딸. 그리고, 진에게 암살자를 보낸 악인이야."

소피는 나를 향해, 중대한 사실을 밝히듯이 말했다.

마치 세계의 숨겨진 진상을 밝히는 것처럼 심각하게. 비장한 표정을 지으며.

반면, 나는 고작 그거였냐며 맥이 빠지는 기분이었다.

"그런 건 알고 있었어."

진지하게 고민하던 소피에게는 실례일지도 모르지만, 나에게는 이미 알고 있는 고백이었다.

아는 걸 굳이 입 밖으로 꺼내봤자 마음은 동요하지 않는다.

"알고 있었다니……."

내 반응을 믿을 수 없었는지, 소피는 눈을 크게 떴다.

나는 보충하듯이 입을 열었다.

"소피의 아버지가 진이라는 암살자를 길러냈다는 것도. 자기가 기른 암살자에게 목숨을 잃은 것도. 그리고 진을 죽이기 위해 목 베는 자에게 의뢰했던 것도."

"—윽!"

"그걸 모를 리가 없잖아? 레이파 님이나 소피에게 대항하기 위해 목 베는 자에게 협력을 요청한 건 나라고? 목 베는 자가 전부 가르쳐 줬어."

사실은 목 베는 자의 오른팔인 에이샤가 가르쳐 줬지만.

예전에 나는 레이파의 수단을 가리지 않는 권유에 대항하고자 목 베는 자와 에이샤에게 도움을 요청하는 편지를 보냈다.

결과적으로 목 베는 자의 악인만을 집행하는 암살자라는 지위를 교섭 재료로 이용하게 되었지만, 본래의 계획에서는 에이샤의 뛰어난 정보 수집 능력으로 레이파 진영의 약점을 잡는 것이었다.

에이샤는 소피의 이름이 나온 시점에서 자신들에게 진 암살을 의뢰한 소녀와 동일 인물이라는 걸 알아챘다고 한다.

그녀는 자신이 가진 소피의 모든 정보를 나에게 제공해 줬다.

그래서 소피와 진의 악연에 관해서는 미리 알고 있었다.

"그랬구나……."

그러나 소피에게는 청천벽력이었던 모양이다. 믿을 수 없다는 듯 입을 열었다.

"어째서……. 그걸 알면서도 『어라이버즈』에 넣어준 거야?"

소피에게는 무엇보다도 숨기고 싶었던 사실. 알려지면 『어라이버즈』에서 있을 곳을 잃어버린다고 생각할 정도의 비밀이었을 것이다.

"상관없으니까. 진은 딱히 소피에게 살해당한 게 아니야.

목 베는 자는 내 손으로 막았으니까. 그저 던전에 살해당했을 뿐이니까."

만약 소피가 보낸 목 베는 자의 손으로 진이 죽었다면, 그녀를 용서했을 자신은 없다.

그러나 실제로 진은 소피와 아무런 관계가 없는 곳에서 죽었다.

우리가 던전 공략을 얕보는 바람에, 실력이 부족했기 때문에 죽었다.

거기에 소피의 살의 유무는 개입하지 않았고, 그녀에게 이유를 찾는 건 그야말로 화풀이에 불과하다.

"그래도! 나는 당신의 동료를 죽이려 했어! 설령 미수라고 해도!"

"그런 말을 하면 나도 레이파 님을 죽이려 했어. 피차일반이야."

"그건 우리가 네메를 납치했으니까!"

"그렇다면 진도 소피의 아버지를 죽였지."

진이 해온 일이 올바르다고 생각하지는 않는다.

그건 동료라도, 가장 존경하는 사람이라도 옹호할 수 없었다.

예전의 그는 악이었다. 그건 진 자신이 인정했던 일이다. 나도 부정할 생각이 없다.

그래도 나는 진을 좋아했다. 예전의 딘라크가 기른 암살자가 아니라, 『어라이버즈』에 있던 시절의 다정한 진을.

그가 본래 악이었든, 정의였든 상관없다. 나에게 과거는 과거에 불과하고, 존경하는 마음이 거짓이 되는 것도 아니다.

"그래도 자신의 옛 동료를 죽이려 한 사람을 동료로 넣다니 말도 안 돼."

"그래?"

"적어도 평범하지는 않아……."

"그럼 그럴지도. 레이파 님도 말했잖아. 나는 목적을 위해서라면 수단을 가리지 않는 인간이라고 하니까."

빠진 파티 멤버를 메우는 것. 그리고 주인에게 버림받고 인생에 절망하던 소녀를 구하려면 이 방법밖에 없었다.

그때는 그렇게 생각했으니까 소피를 『어라이버즈』에 권유했을 뿐이다.

목적을 위해서 다소의 사적 감정이나 악연에는 눈을 감은 거다.

"그러고 보니, 당신은 그런 인간이었어."

소피는 어이없다는 듯 한숨을 내쉬었다.

"역시 당신은 이상해. 정말로 내가 『어라이버즈』에 있는 게 좋다고 생각해?"

"소피가 아버지의 원수가 만든 파티라는 걸 신경 쓰지 않는다면 말이지."

"신경 쓰이지 않는 건 아니지만, 지금의 일상은 그리 싫지 않으니까 눈을 감기로 할게."

소피는 단언했다.

싫지 않다. 그건 옆에서 보면 소극적인 표현이지만, 그녀에게는 그렇게까지 소극적인 표현이 아닐 거다.

그녀의 눈동자에서는 슬픔의 색이 빠져나가 있었다.

"그렇더라도, 용케 모두를 납득시켰네. 노트라면 몰라도, 다른 사람은 진을 죽이려 한 내가 파티에 들어오는 걸 반대했을 텐데……."

"그건—."

순간 말문이 막혔다.

그러나 나는 자신의 불성실함에 대해 소피에게 밝히기로 했다.

"다른 일행은 몰라. 소피의 태생도, 진을 죽이려 했던 것도."

"모른다니……."

"그뿐만 아니라 목 베는 자의 존재도. 전부 말하지 않았거든."

그리고 나는 소피에게 모든 걸 이야기했다.

진을 습격한 목 베는 자를 자신과, 예전에 『발키리(복수의 전투처녀)』에 있던 도적 둘이서 격퇴했다는 것.

그리고 그때 목 베는 자와의 개인적인 연결이 생겨서 레이파와의 일에서 협력을 부탁했다는 것.

휴겔과 에이샤의 개인 정보는 특정하지 못하도록 말을 고르면서, 파티 멤버 누구에게도 고백하지 못했던 진실을 이야기했다.

소피는 이야기를 듣던 중 침묵했다. 그리고 내가 이야기를 끝내자마자 한마디만 중얼거렸다.

"그런 중요한 걸, 모두에게 숨기고 있었어……?"

"뭐, 그렇지."

"죄책감 같은 건 안 들어?"

"안 들 리가 없잖아."

그러나 나는 소피만큼 정직한 사람이 아니다. 그녀처럼 깨끗한 가치관은 가지고 있지 않다.

"그래도, 말하지 않는 게 정답이라고 생각해서 말하지 않았어. 그러는 편이 모두가 행복하다면 숨기는 게 좋다고 생각했어."

목 베는 자의 습격을 이야기하는 건 그저 자기만족에 불과하다.

내가 고생했던 걸 알게 되면 진이 죄책감을 느낄지도 모르고, 약속을 지켜서 물러나 준 목 베는 자의 정체가 들킬 리스크도 올라간다.

그리고 내가 네메를 구하기 위해 목 베는 자에게 부탁한 일을 알리는 건 아무도 행복해지지 않는다.

상황에 따라서는 레이파를 죽일 가능성도 있었으니까, 그런 뒤숭숭한 일에 파티 멤버들을 말려들게 하고 싶지 않았다. 손을 더럽히는 건 나 혼자면 충분하다.

"그럼, 내가 진을 죽이려 했다는 것도, 딘라크의 딸이라는 것도 전부 숨겨도 된다는 거야?"

"괜찮지 않을까? 소피가 그러고 싶다면. 그러는 게 낫다고 말한다면."

개인적으로 세상에는 숨기는 게 나은 일이 많다고 생각한다.

원래 소피의 비밀을 폭로하려던 것도, 그녀가 괴로워하는 것처럼 보였기 때문이다.

만약 소피가 『어라이버즈』의 생활에 아무런 영향도 끼치지 않고 비밀을 숨기고 있었다면, 분명 나는 추궁하지 않았을 거다.

이번에는 비밀을 비밀로 해두는 게 슬픔의 총량을 넘어선다고 직감적으로 느꼈으니까 캐물었던 것에 불과하다.

"그러니까 억지로 죄책감을 느끼지 않아도 되지 않을까? 좀 더 솔직하게, 『어라이버즈』에서의 생활을 즐기는 게 낫지 않아?"

비밀을 가지고 있는 죄책감에 짓눌릴 것 같다면, 비밀을 모두에게 밝혀도 좋다.

비밀을 그대로 놔두고 싶다면 이대로 지내면 된다.

나는 소피의 의견을 존중할 생각이었다.

그녀는 고개를 수그린 채 입을 열었다.

"그럼, 비밀을 그대로 놔두기로 할게……."

아무래도 그녀가 고른 건 나와 같은 선택이었던 모양이다.

"말해봤자 아무도 기분 좋지 않을 거고, 나의 과거를 아는 사람이 없는 곳에서 지내고 싶은 마음도 있어."

"응."

"게다가 특히 포스는 내 태생을 모르는 게 좋아. 진이 아버지를 죽인 사건에 관여하고 있던 그라면, 내가 딘라크의 딸이라는 걸 알았을 때 어떻게 생각할지 모르니까."

아무래도 소피는 이미 진의 암살에 포스가 관여하고 있었다는 걸 알고 있는 모양이다.

소피의 아버지는 예전에 진을 보내서 포스를 죽이려 했다.

그러나 포스의 인품에 넘어간 진이 반대로 주인에게 반기를 들어서 소피의 아버지를 죽였다는 배경이 있다.

소피의 성이 딘라크라는 걸 알게 되면, 그는 대체 어떤 감정을 가질까.

진의 인생을 가지고 놀고, 자신을 죽이려 했던 자를 아버지를 둔 소녀에게 반감을 느낄까? 자신의 절친을 죽이려 한 소녀를 원망할까? 그리고 자신의 선택으로 인해 아버지를 빼앗긴 소녀에게 죄의식을 느낄까?

오래 알고 지낸 나 자신도 알 수 없었다.

"포스에 대해서도 알고 있었구나."

"목 베는 자가 가르쳐 줬어."

"사실 모를 줄 알았는데."

"어째서?"

"그야, 알았다면 이 파티에 들어오지 않았을 것 같았으니까."

자신의 아버지를 죽인 원수 같은 존재가 있는 파티에 들어오고 싶다는 생각은 보통 하지 않는다.

원래는 진만이 아니라 포스에게도 살의를 느끼더라도 이상하지 않을 거다.

"진을 죽이려 했던 것도 실은 후회하고 있어. 그때는 충동적으로 목 베는 자에게 부탁했지만. 실패해서, 사실은 안도했어. 이런 말을 해도 믿어주지 않겠지만."

"그런 걸 의심하지는 않아."

"사실은 나도 알고 있었어. 아버님이 전부 잘못했다는 걸. 하지만 그걸 도저히 인정할 수 없어서. 인정하면, 정말로 아버님의 편이 아무도 없어지는 것 같아서. 어린애처럼 떼를 쓰고 있었을 뿐이야."

소피의 생각은 전혀 나쁘지 않다.

좋아했던 사람의 편을 드는 게 뭐가 문제인가. 온 세상을 적으로 돌리더라도 혼자서 필사적으로 싸워온 그녀를 칭찬해야 한다. 비난할 게 아니다.

"그러니까 포스를 어쩌려는 마음은 없어. 다른 사람과 똑같이 대할 수 있을지는 불안하지만. 그래도 같은 파티에서 지내도 괜찮을 것 같아."

"뭔가 고맙네."

"감사하지 않아도 돼. 그러니까 당신도 비밀을 지켜줘. 알아버렸으니까, 내 비밀을 다른 사람들에게는 말하지 마."

"알았어. 약속할게. 우리는 비밀의 공범자야."

달밤 아래에서, 우리는 서로에게 맹세했다.

아무도 지켜보지 않는. 세상에 단둘밖에 없는 듯한 밤에.

계약서도 없고, 손가락을 걸지도 않은, 불확실하지만, 그래도 절대적인 약속을 나눴다.

"공범자……. 나쁘게 들리지는 않네."

소피는 그 말을 곱씹으면서 만족스럽게 끄덕였다.

이 순간, 우리는 은혜를 나눈 불완전한 주종 관계에서 탈출하고, 서로가 서로의 죄를 인식하는 불건전하고 대등한 관계가 되었다.

소피가 진정한 의미로 『어라이버즈』에 들어온 순간이었다.

"공범자라는 건, 이제 사양하지 않아도 된다는 거?"

"물론. 우리는 대등한 관계니까."

"그럼, 하나만 말할게."

"좋아. 하나만 말하지 말고 몇 개든."

"그럼—."

그렇게 말한 소피가 입을 열었다.

"솔직히, 내 아버지의 원수가 만든 파티라는 걸 알고도 그걸 숨기면서 『어라이버즈』에 권유한 건 좀 어떤가 싶어."

"엑?!"

"게다가 포스가 아버지의 죽음에 관여했다는 것도 알았던 것 같고. 사기 같은 수법이야. 내가 아무것도 모른다고 생각하고—."

"아니, 그건……."

"불만은 아직 잔뜩 있어. 우선 은혜를 빙자해서 파티에 권유한 것 자체가 어쩐가 싫어. 방식이 악인 그 자체. 사람으로서 존경할 수 없어."

"거기까지만 해줬으면 좋겠는데…… 말이지."

"몇 개든 말해도 된다고 했던 건 노트야. 혹시 또 나를 속였어?"

"그런 건—."

"그럼 잠자코 들어."

그렇게 말하며 나에게 쌓이고 쌓인 불만을 털어놓았다.

그건 나에 대한 불만만이 아니었다. 레이파에게 받은 처사도 있었고, 그녀의 태생에 관한 것도 있었다.

18년간 쌓이고 쌓인 불만을 전부 남김없이, 화풀이 같은 형태로 나에게 던졌다.

그리고, 그렇게 싫지만도 않은 두 사람의 시간이 하룻밤 내내 지나갔다.

다시 태어난 파티의 형태

"그 아이도 요즘 변했네요……."

이번에도 가사를 땡땡이치려고 하던 로즈리아.

그런 그녀에게 주의를 준 것은 놀랍게도 소피였다.

"가사 당번제는 규정. 한 명이 지키지 않으면 모두에게 폐가 돼."

"그럼 소피 씨가 대신해 주면—."

"그건 로즈리아에게 도움이 되지 않아. 당신은 땡땡이치는 버릇을 고치는 노력을 하는 게 좋아."

예전의 소피였다면 곧바로 받아줬을 가사 떠넘기기를 훌륭하게 되받아쳤다.

그런 두 사람의 모습을 옆에서 지켜보던 나와 에린은 감탄의 숨을 내쉬었다.

"응. 자기 의견을 확실하게 말하게 되었네."

"좋은 일이야. 저것이야말로 파티 멤버라는 느낌이 들어."

"나도 그렇게 생각해."

"근데 어째서 갑자기 달라진 걸까? 역시 의혹의 하룻밤이 있던 이후부터네."

"……."

"왜 입 다물고 있어?"

"아니……."

에린이 말하는 의혹의 하룻밤이란, 소피와 대화를 나눴던 18계층의 밤이다.

그날, 우리는 하룻밤 내내 서로에 대해 이야기했다.

서로 비밀을 품은 공범자들. 다른 사람에게는 말할 수 없는 일도 속을 터놓고 이야기할 수 있었다.

덕분에 소피의 마음에 쌓여있던 것도 많이 정리가 된 모양이라, 그 심경 변화가 이렇게 일상의 변화로도 나타나게 되었지만, 남녀가 단둘이서 하룻밤 내내 사라졌으니 다른 파티 멤버가 의혹의 시선을 보내는 건 당연한 일이다.

다음 날 아침, 텐트로 돌아온 우리를 기다린 건 네 명의 격렬한 추궁이었다.

뭐, 실제로는 그들이 의심하는 꺼림칙한 일은 전혀 없었고 그저 대화만 나눴을 뿐이지만, 정직하게 말해도 믿어주지 않았다.

우리는 「그럼 구체적으로 무슨 이야기를 했는지 말해봐」라는 질문에 아무런 대답도 할 수 없었다.

나와 소피는 공범자니까. 의혹의 시선으로 바라본다고 해서 간단히 비밀을 밝힐 수는 없다.

그 결과, 의혹이 진실미를 띠면서 『어라이버즈』 안에서 그날 밤은 『의혹의 하룻밤』이라는 이름으로 알려지게 되었다.

"역시 그런 일이 있었던 거지?"

"정말로 안 했다니까."

"됐으니까! 단호하게 사실을 말해줘!"

"계속 사실을 말하고 있는데 말이지……."

"알고 있다고! 남자는 그런 어른스러운 아이를 좋아하는 거지?! 조용하고 순종적인 여자아이가! 어차피 나는 시끄럽고 드센 여자야!"

"그 정보는 대체 무슨 통계야……."

완전히 토라진 에린을 어떻게든 달래고 있는데, 정면에서 목소리가 들렸다.

"바람피운 현장을 발견했을 때의 커플 같은 대화를 하는 두 분! 보고만 있지 말고 도와주세요!"

목소리 쪽으로 초점을 맞추자, 그곳에는 소피에게 끌려가는 로즈리아의 모습이 있었다.

"로즈리아, 목욕탕 청소해."

"오늘은 그런 기분이 아니에요! 낮잠 자고 싶은 기분이라고요!"

"목욕탕 청소를 하면 잘 수 있으니 문제없어."

설마 그녀가 할까 싶었던 힘으로 밀어붙이기였다. 로즈리아에게는 말로 해봤자 소용없다고 판단했는지, 그대로 목욕탕으로 끌고 가려 하고 있었다.

"역시 바람을 피운 거구나……."

"에린은 끌려가는 로즈리아에게 조금 더 흥미를 가져보자."

"그렇게 말을 돌리다니. 이번에야말로 안 속을 거야."

"내 이야기 좀 들어줘……."

에린과는 아직 사귀고 있는 게 아니니까 설령 소피와 그런 일을 했더라도 바람을 피운 건 아니지만, 그걸 말하면 불에 기름을 끼얹을 것 같아서 입을 다물기로 했다.

"참고로 에린 씨는 세 번째 여자예요. 처음이 저, 두 번째가 소피 씨에요."

"어째서 내가 세 번째야!"

"로즈리아는 끌려가면서 쓸데없는 소리 하지 마!"

"나는 노트를 연애 대상으로 보지 않아. 그냥 비밀의 관계."

"비밀의 관계?! 뭐야 그게! 연애 대상이 아니라 비밀의 관계라니 더더욱 수상한 냄새밖에 안 나잖아!"

"내연 관계 말이죠?"

"거기, 내연 관계라고 말하지 마! 소피도 오해를 부르는 표현을 쓰지 말고!"

완전히 수습이 되지 않는 상황이었다.

정말로 누가 좀 도와줬으면 좋겠다. 아니면 지금 당장 여기서 도망치고 싶었다.

"내연 관계이든 뭐든 상관없으니까, 로즈리아는 목욕탕 청소해."

"상관없지 않아! 조금은 부정해!"

"부정해도 이 사람들은 계속 의심해. 부정해봤자 노력 낭비."

"그렇더라도!"

주장은 이해하지만 말이지. 의혹의 하룻밤 이후부터 몇 번을 부정했는지 모른다. 그래도 의혹이 풀리지 않는다니 어쩜 이리도 슬픈 일인가.

이렇게 『어라이버즈』의 일상은 다시 태어나기 시작했다.

*

소피의 도달 계층에 맞춰서 던전 공략을 진행하던 『어라이버즈』. 그런 우리도 마침내 20계층에 도달했다.

20계층이라면 일찍이 『어라이버즈』가 무너졌던 21계층의 바로 앞 계층이다.

이 계층을 돌파하면 21계층으로 가는 도전권을 얻을 수 있는 셈이니, 마침내 우리는 진의 원수를 갚을 수 있게 된다.

그리고 21계층을 공략한다면 1년 이상 멈췄던 던전 도달 계층을 갱신하게 되니까, 역시 21계층은 『어라이버즈』에 있어서 커다란 고비가 되는 계층이었다.

그런 21계층으로 가는 도전을 위한 마지막 관문인 20계층. 그 공략도 종반부에 접어들고 있었다.

눈앞을 가로막는 건 계층 최강의 적, 보스 몬스터다.

미로형 통로가 펼쳐진 독특한 형태의 보스 방. 어두운 길을 종횡무진 달리는 건 녹색의 왕뱀이다.

눈과 코 사이에 있는 피트 기관으로 어둠 속에서도 항상 이쪽의 기척을 알아채는 저격수.

한편, 이쪽도 지지는 않는다. 어둠 속에서도 기척을 알아채는 건 딱히 녀석의 전매특허가 아니다.

"이쪽이에요! 빨리!"

나는 왕뱀의 배를 향해 내달렸다. 어깨에는 네메를 태우고 일심불란 달렸다.

뒤에서 모두가 따라오는 걸 확인하며 외쳤다.

"소피!"

"알고 있어!"

소피는 내가 외친 것보다 빠르게 정령술을 기동하여 흙벽을 생성했다.

가로세로 2미터 정도로 통로를 막는 벽을 전개하여 어두운 벽을 흙으로 메웠다.

"노트. 지금 진행도는 어느 정도야?!"

"80% 정도예요. 조금만 더 지나면 보스를 포착할 수 있어요."

20계층은 광대한 미로 같은 계층이다. 예전에 나와 에린이 조난했을 때, 이 복잡한 구조에 도움을 받았다고 해도 과언이 아닌 계층.

그런 계층 마지막 방도 그 기믹을 마음껏 활용하고 있어서, 넓은 미로형 방에서 지리적 이점을 활용하는 적과 싸우는 난관이 기다리고 있다.

어둠 속에서 기습하는 왕뱀. 정면에서 싸우다가도 불리해지면 곧장 통로 안쪽으로 숨어버리고, 긴장감의 실이 끊어질 때쯤 다시 기습을 가한다.

쫓아가려고 해도 왕뱀의 재빠른 속도와 뒤엉킨 미로 때문에 능숙하게 도주해 버린다.

일찍이 20계층을 찾아왔을 때도 이 보스 공략에 고생하느라 한 번은 퇴각하게 되었다.

그 후 진의 활약으로 인해 어찌어찌 토벌할 수 있었지만, 그 공로자도 지금은 이 세상에 없다.

그러나 『어라이버즈』에는 새로운 전력이 있다. 새로운 전법도 있다.

"좋아! 에린, 지금 왔던 길 전부 막아!"

"맡겨둬!"

『어라이버즈』가 20계층 보스 공략을 위해 세운 계획은 지극히 간단하다.

소피의 대지 속성 정령술과 에린의 토속성 마법으로 미로형 통로를 막는다.

그리고 도망칠 곳을 완전히 잃어버린 왕뱀을 정면에서 포스가 베어버린다.

물량과 단순한 전투 능력으로 윽박지르는 대담한 작전이다.

그러나 그게 성공적으로 통해서 현재 보스 방의 통로는

거의 다 막아버렸다. 앞으로 2~3분 더 도망치면서 벽을 만든다면 보스의 모습을 포착할 수 있을 거다.

【지도화】는 이미 이 계층의 지도를 머릿속에 넣어놨다.

길의 형상와 포착한 적의 위치를 계산하면서 다음에 만들 벽의 위치를 판단했다.

이번 작전의 지휘는 눈이 핑핑 돌 만큼 빠르게 움직이는 적의 상황을 이 중에서 유일하게 파악할 수 있는 나의 역할이다.

"이제 곧 적이 눈앞에 나타나. 조심해."

작전 진행도도 이미 90% 정도다.

지금부터는 시간 승부다. 적이 이쪽을 포착하느냐, 그보다 먼저 지형의 유리함을 만들어내서 공격을 가할 준비를 끝마치느냐.

복잡기괴하고 유동적인 싸움이 계속해서 진행되었다.

"진행도 95%! 남은 에어리어는 한 구역!"

외친 순간, 어둠 속에서 붉은 눈이 이쪽을 노리는 걸 깨달았다.

적은 이 이상 도망쳐도 사태가 호전되지 않는다는 걸 알아챈 모양이었다.

이대로 도망칠 곳이 사라지는 것보다는 완전히 도망칠 곳이 사라지기 전에 정면에서 맞받아칠 작정인 것 같았다.

파충류치고는 단호한 결단이다. 그래도 상대가 안 좋았

다. 이미 상황은 외통수 같은 셈.

남은 에어리어는 한 구역. 도망치는 게 특기인 상대가, 한정된 공간에서 포스라는 인간 최강 클래스의 검사에게 도전해야만 한다.

게다가 배후에는 우리가 기다리고 있다.

움직임이 막히면 에린의 원호 사격이, 원호 사격을 막으려 해도 로즈리아와 소피의 벽을 돌파해야만 한다. 네메가 있는 상황에서 포스를 일격에 처리하지 못하는 한, 영원히 회복하게 된다.

마무리를 지을 수 있다고 판단되면, 이쪽은 언제든 《마법(스펠)장저(샷)》로 처리하러 갈 준비를 해뒀다.

적에게는 그야말로 사면초가의 상황. 도망치지도 못하고 당하는 걸 그저 기다릴 뿐이다.

신생『어라이버즈』에게 20계층 따위는 난관이 아니다.

우리가 쓰러뜨려야 할 상대는 다음 계층에 있다.

『프린세스 나이츠』와 21계층

이럴 리가 없었는데. 어째서 이렇게 되어버렸을까.

레이파 서던도르는 망가진 브레이슬릿을 오른손으로 움켜쥐면서 깊은 후회에 시달리고 있었다.

도중까지는 문제없었다. 노트 애슬론을 파티에 끌어들이지 못했다는 예상 밖의 실수는 있었지만, 미야 라인이라는 천재일우의 전력을 손에 넣고 던전 공략을 순조롭게 진행하고 있었다.

그러나 지금 손에 들고 있는 건, 소유자의 죽음을 단 한 번 대신해 주는 대역의 브레이슬릿이다.

그게 망가진 상태라는 건 즉, 레이파는 한 번 죽었다는 뜻이다.

이미 십자 방패 슈데리히의 스택은 네 개 모두 써버렸다. 다른 방어계 마도구도 혹사한 탓에 모두 쓸 수 없는 상태가 되었다.

완전히 방심하고 있었다. 자만심도 있었다.

자신이 만든 이 『프린세스 나이츠』라면 던전 공략 같은 건 별것도 아니라고 생각했다.

21계층 따위에서 무릎을 꿇은 『어라이버즈』 같은 건 적수가 못 된다고 생각했다.

인류 최초의 영예를 쟁취하는 건 자신들이고, 이제는 얼마나 빨리 이뤄내느냐의 문제라고 생각했다.

그러나 21계층에 도전해 봤더니 어떤가. 『어라이버즈』가 꺾여버린 보스 상대로, 『프린세스 나이츠』는 이미 반파 상태였다.

파티 멤버 한 명이 빈사 상태. 한 명은 전력이 봉인되었고, 남은 멤버도 신성술로 치유 불가능한 상처를 입었다.

전멸하는 건 시간문제다. 마검을 휘두르는 악마에게 대단한 대미지도 주지 못했다. 반면 이쪽은 앞으로 몇 분 버틸 수 있을지 알 수 없는 상황이다.

어째서 『어라이버즈』는 이런 상대에게 한 명의 희생만으로 넘어갈 수 있었던 걸까.

지금에 와서는 알 수 없다. 살아남을 비전이 보이지 않는다.

"레이파! 정신 차려!"

이름을 부르는 듯한 목소리가 들린다. 들리고 있는데도 머릿속에 들어오지 않는다.

말은 소리의 나열로 전락했고, 의미를 이루지 못하는 울림이 되었다.

"정신 차려! 지시를 내려줘!"

"이대로 싸우면 전멸을 면할 수 없어. 어서 판단을!"

지시라니 뭘? 판단이라니 뭘?

말의 의미를 모르겠다. 여기서 죽는 게 정해져 버렸는데

지시고 뭐고 필요한가?

처음에는 괜찮았다. 계층 몬스터는 어느 정도 고생했지만 쓰러뜨리지 못할 상대는 아니었다.

나오는 숫자는 적고, 계층도 복잡하지 않았기에 비교적 공략하기 쉬운 계층이라 생각했을 정도다.

중간 보스도 나타나지 않아서 코웃음을 쳤을 정도다.

정말 맥 빠진다. 『어라이버즈』는 이런 계층에서 무릎을 꿇은 건가. 일찍이 던전 제패에 가장 가깝다고 불리던 파티도 대단하지 않다며 마음속으로 조소하고 있었다.

그러나 그건 완전한 오산이었다.

이 계층은 교활했다. 계층 공략 직전까지 방심하게 해놓은 뒤에 완전 신성술 무효라는 기믹, 압도적인 기동력과 완력을 가진 보스를 마지막의 마지막에 배치해 놓았다.

길베르트의 존재가 파티의 토대를 이루는 만큼, 신성술 무효는 『프린세스 나이츠』에 너무나도 유효한 기믹이었다.

갑자기 사라져 버린 프런트 라인. 황급히 재정비하려 했지만, 적의 순수한 전투 능력이 높아서 순식간에 휘둘리고 말았다.

미야의 공격은 회피. 온즈가 정면에서 돌진했지만 악마는 돌격하는 상대를 무시.

그대로 후위의 눈앞에 내려섰다.

즉시 십자 방패를 전개한 것과 악마가 마검을 휘두른 건

동시였다.

용케 늦지 않았다고 생각했을 정도다.

스택이 하나 줄고, 자신이 두 동강 나지 않았다는 걸 깨달은 건 검을 휘두른 적의 모습을 봤을 때였다.

후우, 하고 숨을 내쉬었다. 그게 가장 큰 실패였다.

즉시 연격으로 내지른 찌르기. 반사적으로 슈데리히의 스택을 소비했지만, 고작 몇 초 만에 모든 스택이 날아가고 말았다.

아이템 백에서 다음 방어계 아이템을 꺼냈을 때는 이미 늦었다. 자신의 목이 날아갔다.

시야에 비치는 몸통. 꺼내려는 손의 감각은 있는데, 아이템 백 안을 뒤지던 손은 눈앞에 있었다.

즉시 무언가 터지는 소리. 대역의 브레이슬릿이 깨지는 소리였다.

세계의 이치를 뒤집는 역행. 인생에서 단 한 번 회피할 수 있는, 사신에 대한 면죄부.

그걸 써버렸다는 것을 깨달은 건 목에 손을 댔을 때의 감촉이 있었기 때문이다.

그로부터의 기억은 그다지 없다. 자신이 어떻게 대처했는지 모르겠고, 어째서 살아있는지도 모르겠다.

단지 아이템 백에 들어있는 어지간한 마도구는 죄다 써버렸고, 미르는 자신을 감싸다 빈사 상태가 되었다.

남은 온즈나 미야, 신성술을 쓰지 못하는 길베르트가 악마에 맞섰지만, 적에게 유효타를 가하지 못한 채 슬금슬금 밀리고 있을 뿐이었다.

"이봐, 왕녀! 던전을 제패한다면서! 왕이 된다면서! 빨리 판단해!"

이 목소리는 온즈인가. 평소에도 이렇게 거친 목소리였는지는 모르겠다.

"이제 됐어! 이 녀석은 이제 못 써먹어. 나리의 방안으로 가자!"

나리의 방안이라니 뭘까? 자기가 모르는 곳에서 이야기가 진행된다.

"레이파의 허가를 안 받아도 괜찮아?"

"받을 상태가 아니잖아! 이봐, 리무나!"

"뭐, 뭔가요!"

"너만이라도 이 자리에서 도망쳐! 그리고 던전에서 나가서 도움을 요청해!"

도움이라니 뭐지? 이 계층에서 도망칠 생각인가?

확실히 이 계층에는 보스 방이 없다.

보스 방에는 6명밖에 들어가지 못한다는 룰은 적용되지 않으니까, 이론상으로는 구원을 요청할 수 있다.

그러나 도움을 요청하러 가봤자 의미가 없다. 왜냐하면, 이곳은 던전 심층이니까.

이 땅에 도달할 수 있는 사람 자체가 한정되어 있고, 21계층에 발을 들일 권리를 가진 사람이 있더라도 자신들을 구해준다고는 생각할 수 없었다.

선의? 세상 사람들이 그런 걸 가지고 있다고 생각하지 않는다.

보답? 확실히 왕녀의 목숨을 구하면 보답을 원할 사람은 있을지도 모른다.

자신도 이 궁지에서 목숨을 구해줄 사람이 나타난다면 어떤 보답이든 해줄 생각이다.

그러나 수지가 맞지 않는다. 고작 보답 따위를 위해 이런 악마와 대치한다니.

어떤 재산이나 권력이라도 목숨이 없다면 의미가 없다. 죽으면 가치를 모두 잃어버린다.

다른 던전 공략 파티도 그런 건 당연히 알고 있다. 목숨이 오가는 곳에 항상 몸을 던지는 사람이라면 뼈저리게 알고 있을 테니까.

"도움이라니 누구에게?!"

"그건 알아서 생각해! 『어라이버즈』이든 뭐든 좋아! 여기에 올 수 있는 녀석을 지금 당장!"

『어라이버즈』만큼은 안 된다. 그들은 자신을 원망하고 있을 것이다.

노트 애슬론은 물론이거니와, 그들 파티의 신관 네메에게도 위해를 가했다.

게다가 그 파티에는 소피가 있다.

자신은 그녀를 버렸다. 실패를 거듭한 그녀를 다짜고짜 내쫓았다.

그런 상대가, 아무리 도움을 요청한다고 해서 손을 뻗을 것 같지는 않았다. 오히려 희희낙락하며 버리려 들지 않을까?

자신을 얕본 상대에게 복수하기 위해, 버림받은 것을 후회하게 만들어 주기 위해, 버릴 거다. 그게 인간에게는 당연한 행위다.

게다가 도움을 요청하러 간다며 이 자리에서 벗어난 리무나가 정말로 도움을 요청할지도 알 수 없다.

혼자 이 궁지에서 도망칠 기회를 얻은 거니까.

굳이 도움을 요청하고, 이 사지(死地)로 다시 돌아오는 위험한 짓을 할 리가 없다.

도움을 요청하겠다는 구두 약속만 하고, 약속 같은 건 내던지고 도망치는 게 현명하다.

파티 멤버는 포기하고, 아무 일도 없었다는 듯 내일부터 생활하는 걸 생각한다.

분명 리무나는 그럴 거다. 자신도 그러고 싶다. 죽고 싶지 않다.

"기다려—."

목소리를 쥐어 짜내면서 일어나려 했지만, 균형을 잃고 바닥에 엎어졌다.

"어째서?! 어째서 일어날 수가 없어?!"

당연하다. 오른쪽 무릎 아래가 없으니까.

도망치기 위한 다리가 없다. 그저 그뿐인 일이다.

"도망쳐야, 도망쳐야만 하는데……."

"어떻게 해야—."

"리무나! 그 녀석은 무시해. 책임은 전부 내가 진다. 당장 가!"

"그래도, 다른 모두는—."

"전원이 살아남기 위해 도움을 요청하라는 거다! 미르는 마도구로 어떻게든 목숨을 붙들고 있어. 왕녀도 금방 죽을 상처는 아니지. 우리의 부상도 미야의 정령술에 의한 회복 스펠이 있으니까 아직은 대처할 수 있는 레벨이야."

"—큭."

"15분, 아니 20분은 버틸 수 있어. 그러니까 그때까지 도움을 요청하고 와!"

20분. 무리다. 저 악마 상대로 20분이나 살아남을 수 있을 것 같지 않다.

2분 후, 자신들은 분명 전멸할 거다.

"귀중한 1분 1초를 헛되이 쓰지 마라! 리무나!"

"알았어!"

리무나는 악마에게 등을 돌리고 내달렸다. 뒤도 돌아보지 않고 일직선.

치사하다. 나도 도망치고 싶은데. 이런 곳에서 죽을 수 없는데.

레이파는 떠나가는 뒷모습을 원망하는 듯한 시선으로 쫓았다.

지금, 21계층으로

“저기! 아무나! 좀 나와줘!”

시끄럽게 문을 두드리는 소리.

거실에 있던 나와 소피는 무슨 일인가 하고 얼굴을 마주했다.

“누구?”

“몰라. 이 기척은 익힌 적 없는 사람이야.”

“나는 들은 적 있는 목소리인 것 같아.”

“일단 나가 볼까.”

심상치 않은 목소리로 부르고 있었기에 나가지 않는 선택지는 없었다.

경계심을 품으면서 둘이 함께 현관으로 향했다.

문을 열자, 그곳에는 상처투성이인 낯선 소녀가.

“구해주세요! 빨리!”

“구해달라니 누구를—.”

나는 당혹스러웠다. 동의를 요구하듯 소피에게 시선을 돌렸지만, 정작 그녀는 전혀 다른 반응을 보였다.

“리무나…….”

“아는 사이?”

“아는 사이고 뭐고, 레이파 전하가 준비한 【지도화】 요원.

노트를 권유하지 못했을 때의 후보 같은 존재."

그런 인물이 있다는 건 처음 알았지만, 지금은 그런 걸 추궁할 여유는 없어 보인다.

누군가에게 습격을 당한 거겠지. 리무나는 다쳤다. 지금 당장 치료해야 한다.

"네메 누나!"

소란을 듣고 달려온 네메를 발견하고 불렀다.

그녀는 과연 사정을 곧바로 어느 정도 파악한 걸까, 아니면 부상자를 봤을 때의 신관이 가진 습관인 걸까?

"리무나는 됐어! 던전에 있는 동료를!"

혼란에 빠진 소녀를 향해 치유 스펠을 걸어줬다.

잠깐. 던전에 있는 동료가 어쨌다는—.

"동료?"

"맞아. 리무나는 아무래도 좋아. 빨리 레이파 님 쪽을 구해줘!"

"저기, 그 계층은……."

리무나의 낫지 않는 상처를 보고 모든 걸 파악했다. 그들이 있는 계층은—.

"21계층."

"앗?!"

거짓말이지? 그 녀석들 21계층에 도전한 건가.

"구해달라니 무슨 소리야?! 자세히 가르쳐줘!"

"길베르트 씨의 스펠을 쓰지 못하게 됐고! 레이파 님이 습격당하고! 미르가 죽을 뻔하고! 다들 리무리무를 도망치게 해줬고!"

종잡을 수 없는 말. 그만큼 심상치 않은 사태가 벌어졌다는 걸 알 수 있었다.

아무래도 레이파의 파티는 21계층의 세례를 정면에서 뒤집어쓴 것 같다.

"21계층에서 신성술을 쓰지 못하는 건 당연한 거잖아!"

우리도 세례를 받았었다. 동료를 빼앗긴 첫 번째 공략 시도 저격 기믹.

아무래도 레이파 일행은 아무런 대책도 세우지 않고 그대로 도전한 모양이다.

뭘 하는 거야, 바보. 당시 존재하던 파티 중에서 가장 선행하던 우리와는 달리, 조사하면 기믹을 알 수 있으니까 대책 정도는 세웠어야지.

그렇게 욕하고 싶은 마음은 있었지만, 이제 와서 그런 걸 책망해 봤자 아무것도 달라지지 않는다.

실제로 우리는 레이파에게 충고하지 않았다. 아무리 적이었더라도 그들이 던전에 도전하는 건 알고 있었으니까 충고 정도는 할 수 있었건만.

그런 걸 책망하는 건 비겁하다.

"레이파 전하가……."

옆에 있는 소피의 얼굴이 새파래졌다.

레이파와 달리 소피는 21계층의 무서움을 이해하고 있는 것 같았다.

21계층에서 동료를 빼앗긴 우리와 생활하는 그녀라면 싫어도 느끼고 있었겠지.

우리가 21계층에 품은 집착과 공포를.

"빨리! 구하러 가야 해!"

알고 있으면서도 여전히 그녀는 즉각 움직일 판단을 한 모양이었다.

나는 그런 소피의 팔을 잡았다.

"기다려."

"방해하지 마! 레이파 전하의 생명이!"

그런 건 알고 있다. 소피가 레이파를 얼마나 소중히 여기는지도 안다.

게다가 『프린세스 나이츠』에는 미야도 있다. 나도 지금 당장 달려가고 싶다.

"알고 있어. 구하러 갈 거잖아?"

"그럼 방해하지 마! 막아도 갈 거야. 반드시."

"알고 있어. 그러니까 막을 생각은 없어. 모두 함께 가자는 거야."

그렇게 말하며 복도를 돌아봤다. 그곳에는 소란을 듣고 달려온 『어라이버즈』의 모두가 있었다.

“그렇게 된 모양인데—.”

내가 던진 질문에 가장 먼저 대답한 건 에린이었다.

“소피가 간다면 우리도 가야지. 같은 파티의 동료니까.”

“소피 씨가 그 왕녀님을 소중히 여기는 건 요 며칠 이보다 더할 수 없을 만큼 배웠으니까요. 어쩔 수 없네요.”

다음으로 입을 연 건 로즈리아다.

쓴웃음을 지으면서도 한발 먼저 던전 탐색 준비를 시작하고 있는 건 그녀도 나름대로 소피를 생각하고 있기 때문이겠지.

언제나 가사를 떠넘기려고 하지만, 이러니저러니 해도 소피가 마음에 든 모양이다.

“과자를 잔뜩 만들어 준 답례, 아직 못 한 거예요! 소피의 도움이 되고 싶어요!”

그렇게 말하며 나선 건 네메였다. 소피가 베푼 은혜는 분명 무의미하지 않았던 거겠지.

“어차피 21계층은 공략해야 하니까. 지금 하든 며칠 뒤에 하든 크게 다르지 않아.”

포스는 변함없이 퉁명스러운 말투다.

솔직히 『어라이버즈』의 21계층 공략 준비는 만전이라고 하기 어려운 상황이다.

바로 얼마 전에 20계층을 공략한 참이어서, 21계층 공략 작전도 아직 상의하지 않은 상태였다.

원래는 만전의 준비를 하고 도전하고 싶었다. 이건 포스도 같은 심경이겠지.

우리는 과거에 준비 부족으로 인해 동료를 잃었으니까.

그럼에도 불구하고, 그는 크게 다르지 않다고 단언했다. 자신의 힘으로 크게 다르지 않은 것으로 만들겠다고 선언했다.

"다들……."

분명 소피는 가볍게 보고 있었겠지.

『어라이버즈』의 모두는 소피가 생각하는 것 이상으로 그녀를 소중히 여기고 있고, 동료로 인정하고 있었다.

그녀를 위해서라면, 동료를 위해서라면 목숨을 거는 것도 대수롭지 않은 일이다.

"고마워."

소피는 눈꺼풀에 눈물을 머금으면서 고개를 숙였다.

"이 은혜는 반드시 갚을 테니까!"

"그런 건 됐어! 굳이 신경 쓰지 마."

감정이 담긴 말을 곧바로 뿌리친 것은 에린이었다.

"은혜 같은 시시껄렁한 건 신경 쓰지 말고 의지해. 동료잖아."

소피가 무엇보다도 소중히 여기는 사상. 그걸 시시껄렁하다고 일축했다.

그러나 그건 그녀를 폄하하기 위한 말이 아니다.

은혜 같은 이해관계로 연결하지 않아도, 서로 연결되는 인간관계가 있다. 서로가 서로를 생각하는 순수한 상호 관계.

그것이 친구이거나, 연인이거나, 가족이다. 인간은 여러 형태로 연결되는 거니까.

분명 파티 동료라는 것도 그 형태 중 하나다.

"응……."

소피가 콧물을 훌쩍이며 말했다.

"다들, 부탁해!"

그리고 깊이 고개를 숙였다.

"레이파 전하를 구하는 데 힘을 빌려줘! 부탁해!"

대답은 입 밖으로 내지 않아도 알고 있다. 모두가 21계층으로 향할 준비를 하고 있었다.

"내 쪽에서도 부탁할게요. 아무래도 소꿉친구가 위기인 것 같아서."

"그러고 보니 미야 씨도 그 파티에 있었죠. 정말로 손이 많이 가는 사람이네요……."

면식이 있는 로즈리아가 한숨을 내쉬었다.

"그래도 어쩔 수 없네요. 저와도 지인이니까요. 저버릴 수는 없겠어요."

"또 나왔어……. 미야라는 사람……."

에린은 불신감이 쌓이는 표정을 지었지만, 그건 무시하기로 했다.

모두의 준비가 완료된 걸 확인한 뒤, 파티 리더가 입을 열었다.

"그럼 갈까! 21계층으로!"

빛과 그림자와

대체 언제부터일까. 사람의 선의를 믿을 수 없게 된 것이.

그것은 태어났을 때부터일지도 모르고, 철이 들었을 때부터일지도 모른다.

믿을 수 없게 되었다는 건 잘못된 표현이고, 갓난아기가 이 세상에 태어났을 때 첫 울음소리를 내지르는 것처럼, 자신에게 본래 갖춰진 섭리였을지도 모른다.

혹은 좀 더 이후.

어머니의 천박함을 알게 되었을 때, 혹은 레이파 서던도르가 자신의 어머니를 죽이는 선택을 했을 때일지도 모른다.

나의 어머니는 몰락한 귀족 일가의 자녀였다고 한다.

어머니에게 들은 거니까 진위는 알 수 없다.

조사하려면 조사하는 것도 가능했지만, 이제 와서 진실을 알아봤자 딱히 뭔가 변하는 것도 아니다. 여전히 정보는 의혹의 범주를 벗어나지 못하고 있다.

그런 의심스러운 정보는 아무래도 좋고, 확실한 정보라면 그녀가 궁정에서 일하기 시작한 게 내가 태어나기 3년 전이었다는 거다.

당시 어머니는 궁정에 채용되어서 왕궁에서 일하게 되었다.

원래 태생이 좋았기 때문이었던 걸지도 모른다. 어느 정도 계급이 있기에 얼추 교양을 익히고 있었을지도 모른다.

본인의 외모도 주변에서 미녀로 평가받을 정도였기에, 화사함을 중시하여 채용된 걸지도 모른다.

아무튼 그녀는 왕궁에서 일하게 되었고, 거기서 만난 국왕과 육체관계를 가져서 레이파라는 딸을 낳았다. 중요한 건 그것뿐이다.

물론 어머니는 본처가 아니고, 측실도 아니었다.

아버님에게는 아내가 있었고, 딸이 두 명이나 있었다. 그에게 어머니는 그저 외도 상대였다. 하룻밤의 놀이 상대였다.

그리고 어머니에게도 사랑 같은 건 없었고, 그저 수단으로 쓰기 위해 아버님에게 안겼다.

자신의 지위를 되찾기 위해. 깔보던 인간에게 보복하기 위해.

권력을 위한 욕망과 복수심만으로 임신하여 나를 낳았다.

아버님에게 불행이었던 건, 외도 상대가 사리사욕의 화신이었단 게 아니다.

사리사욕의 화신에게서 태어난 자식이 한눈에 알아볼 만큼 왕족의 특징을 가지고 있었다는 것이다.

연한 금색 머리와 심연을 품은 듯한 녹색 눈동자.

그것은 왕가에 대대로 전해지는 유전자의 계보이고, 아버님의 모습이나 선대 왕의 초상화를 본 적이 있는 사람이라면 내가 왕가의 핏줄을 가지고 태어났다는 게 일목요연했다.

아버님은 당초 돈으로 해결할 수 있는 문제라고 자신했다. 일개 고용인 따위, 인생에서 손에 넣을 수 있는 것보다 몇 배나 많은 돈을 안겨주면 왕궁에서 떠나 조용히 살아가리라 여겼다.

그러나 어머니는 아버님의 생각보다 훨씬 탐욕스러웠다. 돈만으로는 부족했다.

그녀의 목적은 복수였다. 특정 누군가가 아니다. 자신을 괴롭힌 이 세상 모든 것에 복수할 작정이었다.

그녀는 항상 나에게 들려줬다.

당신은 왕이 되어야 할 사람이라고. 무슨 짓을 해서라도 왕이 되라고. 어떤 수단을 쓰더라도. 다른 무엇을 희생하더라도. 그리고 자신을 행복하게 해달라고.

그것은 어머니가 나에게 건 저주였다. 일반적인 부모가 자식을 끌어안듯이, 어머니는 나에게 저주를 걸어왔다.

그런 시간이 10년 가까이 이어졌다.

내가 자라나게 되자, 국왕 측은 나의 존재를 무시할 수 없게 되었다.

나는 변명하지 못할 만큼 아버님을 닮아갔다. 그건 언니들을 뛰어넘을 정도였다.

아버님을 따르는 재상은 다음 수를 쓰기로 했다. 금전으로 넘어가지 않는다면 무력행사를 검토하겠다고 암시했다.

요컨대 협박이었다. 돈으로 안 된다면 힘으로 어머니를 억누르려 했다.

그러나 그것 또한 오산이었다.

어머니는 협박에 굴하는 약한 여자가 아니었다. 협박에 정면에서 맞서는 다부진 모습도 가지고 있었다.

왕가에 반감을 가진 귀족들을 모아, 왕가의 피를 잇는 딸이라는 간판을 내세워서 대항 세력을 만들려고 했다.

무모한 시도다. 왕가를 상대로 정면에서 승부에 나서다니.

그러나 의외로 지푸라기로 만든 간판을 떠받드는 인간이 많았다.

그저 이해의 일치였다. 딸이야말로 왕이 되어야 한다고 믿어 의심치 않는 어리석은 어머니와 조금이라도 권력을 거머쥐고 싶은 귀족들.

지푸라기로 만든 간판은 어느새 누구도 제어하지 못할 만큼 커져 있었다.

무슨 일이든 그에 관련된 인간이 많으면 많을수록 당초 있었던 형태에서 멀어지고 만다.

처음에는 그저 자기 보호 수단이었던 세력이 어느새 왕가에 대항하기 위한 세력으로, 그리고 어느새 왕가를 타도하기 위한 세력으로 변해버렸다.

어머니는 무언가를 이뤄낼 기량을 가진 사람이 아니었다. 원래는 자신의 욕망조차 제어하지 못하는 왜소한 여자다.

그녀를 따르는 사람이 늘어날수록 착각이 더욱 심해졌다.

자신은 정말로 왕가를 타도할 수 있다고, 딸을 왕으로 올릴 수 있다고. 마치 자신이 왕이 된 것처럼 행동하기 시작했다.

잘못되었다. 어린 나조차도 그런 걸 알 수 있었다.

그녀는 그저 일반인이다.

무언가의 착오로 아주 잠깐 왕가와 관련되었을 뿐이고, 본래는 사람 밑에 있어야 하는 인간이다. 누군가에게 사용되는 것이 신분에 걸맞은 인간이다.

그녀는 그 정도로 간단한 일을 알지 못했다.

어머니는 마침내 왕가를 타도하기 위한 행동에 착수하기 시작했다.

그것이 대의라고 믿고. 마치 자신의 딸을 왕으로 올리는 것이 사명이라도 된 듯이.

그러나 그걸 옆에서 지켜보면 그저 쿠데타다.

성공할 리가 없다. 그건 역사를 보더라도 명백하고, 무엇보다 당주에게 신념이 없고, 욕망에 눈이 먼 부하밖에 없는 쿠데타가 성공하는 게 이상했다.

그러나 그 정도의 일조차 모른다.

실패하면 죽을 게 뻔하건만. 딸을 왕으로 만든다는 소원이 이루어질 리가 없건만.

몇 번을 설득하려 했다. 바보 같은 짓은 그만두는 게 좋다고.

그때마다 어머니는 말했다.

—너는 왕이 되어야 하는 사람이야. 무슨 짓을 해서라도 왕이 되어야 해. 어떤 수단을 쓰더라도. 다른 무엇을 희생하더라도. 그리고 나를 행복하게 해줘야 해. 그게 바로 지금이야.

어머니는 맹목적으로 돌진하는 선택을 했다.

나는 지금이 그때라고는 생각할 수 없었다.

—너는 왕이 되어야 하는 사람이야. 무슨 짓을 해서라도 왕이 되어야 해. 어떤 수단을 쓰더라도. 다른 무엇을 희생하더라도. 그리고 나를 행복하게 해줘야 해.

그것은 저주였다. 어머니가 나에게 건, 태어난 의의라고 할 수 있는 저주.

—너는 왕이 되어야 하는 사람이야. 무슨 짓을 해서라도 왕이 되어야 해.

그렇다. 나는 왕이 되어야만 한다. 이런 곳에서 죽을 수 없다. 나야말로 왕이 되어야 하는 사람이니까.

—어떤 수단을 쓰더라도. 다른 무엇을 희생하더라도.

그걸 위해서라면 어떤 악랄한 수단을 써도 된다. 무엇을 저버려도 상관없다. 마지막에 내가 왕이 되기만 한다면.

—그리고 나를 행복하게 해줘야 해.

그래서 나는 어머니의 행복을 희생하기로 했다. 저버리기로 했다.

간결하게 말하면, 나는 어머니를 팔았다. 재상, 그리고 아버님의 손에 넘겼다.

그리고 어머니는 처형당하게 되었다. 왕가에 반역하고 쿠데타를 선동했다는 죄목으로.

쿠데타의 핵심이었던 인물이 배신했기에, 증거는 충분하고도 남을 만큼 있었다. 새까만 그녀는 이미 죽는 것 말고 다른 길이 남아있지 않았다.

대신 왕가에 충성하는 걸 선택한 나는 아버님에게 거둬지게 되었다.

재상은 반대한 모양이었지만, 아버님은 레이파라는 딸의 존재를 공식적으로 인정하기로 했다.

그건 그저 감회 때문인 건 아니리라.

그저 왕가의 핏줄을 가진 인간을 방치했다가 다시 똑같은 쿠데타가 일어나는 것보다는 자신의 딸로 거두는 게 제어하기 쉽다고 판단한 것에 불과하다.

그건 어리석은 선택이다. 나는 왕으로 가는 길을 포기하지 않았으니까. 저주는 풀리지 않았으니까.

왕의 딸로 인정받는다는 건, 즉 내가 왕이 될 권리를 정식으로 얻었다는 뜻이다. 나는 왕의 자리에 다가섰다. 자신의 선택은 틀리지 않았다.

어머니가 처형당하는 날, 나는 어머니와 마지막으로 얼굴을 마주할 권리를 얻었다.

목에 칼날이 닿은 그녀는 나에게 말했다.

"너 같은 건 낳지 말 걸 그랬어. 너 같은 게 태어나지 않았다면 이런 일은 없었을 거야. 내가 죽는 일도. 역적으로 취급받는 일도. 전부 너 때문에 이상해졌어."

아니다. 잘못된 건 당신 쪽이다.

"내가 희망을 가지는 일도 없었어. 녀석들에게 앙갚음할 수 있겠다고. 전부 손에 넣을 수 있겠다고. 너만 없었다면!"

아니다. 나는 전혀 잘못하지 않았다.

왜냐하면, 나는 당신이 해준 말을 지켰으니까.

—너는 왕이 되어야 하는 사람이야. 무슨 짓을 해서라도 왕이 되어야 해. 어떤 수단을 쓰더라도. 다른 무엇을 희생하더라도. 그리고 나를 행복하게 해줘야 해.

나는 당신의 행복을 희생해서라도 왕이 되겠다고 결심했

으니까. 친어머니의 증오를 받더라도, 원망을 사더라도. 나는 왕이 되어야만 했다.

그것이야말로 당신이 내게 바라던 것이니까. 그것이야말로 내가 태어난 의미니까.

왕의 자식으로 태어난 이상, 사람의 정점에 서야만 한다. 당신에게 그런 삶밖에 배우지 못했으니까.

그러니 나의 선택은 전혀 잘못되지 않았다. 올바른 행동이다.

친어머니를 죽이는 선택조차도, 내가 왕이 되기만 한다면 모두 올바른 일이 된다. 비원을 위한 올바른 길이 된다.

그러니 나는 무슨 짓을 해서라도 왕이 되어야만 한다. 뜻을 이루지 못하고 죽을 수는 없다. 다른 무엇을 희생해서라도 왕의 자리에 오른다.

그것이야말로 어머니를 죽인 선택을 정당화하는 유일한 방법이니까. 자신의 악독한 행위를 긍정할 유일한 수단이니까.

그렇게 어머니는 내 눈앞에서 목이 잘렸다.

핏줄기가 솟구치는 가운데, 원념이 담긴 눈이 노려보는 가운데, 그 눈동자에서 빛이 사라지는 모습을 보며 모든 걸 깨달았다.

나는, 이 어리석은 어머니를, 어머니로는 최악이었던 여자를.

저주를 받더라도 상관없다고 생각할 만큼 좋아했다는 것을.

그날, 레이파 서던도르라는 인간의 형태가 결정되었다.

잔학무도한 행동을 즐기고, 절반이나마 피를 이은 친언니조차 암살하려 들고, 왕의 자리에 오르는 걸 방해하는 모든 걸 쓸어버리는.

역사에 이름을 남길 정도의 포학 왕녀가.

얄궂게도, 모든 것에 복수하려던 여자의 죽음을 거쳐서 저주가 완성된 것이다.

*

"이런 곳에서 죽을 수는 없는데……."

레이파는 눈앞에서 펼쳐지는 참상을 바라보면서 주먹을 움켜쥐었다.

나에게는 왕이 되어야만 하는 이유가 있다. 다른 무엇을 희생하더라도 왕이 되어야만 한다.

그것이 레이파 서던도르라는 인간의 사명이자 의의니까.

왕이 되지 못하고 죽는다면, 어머니를 죽인 것이 헛수고가 된다. 그녀의 죽음이 의미가 없어지고 만다.

그러니 이대로 죽을 수는 없는데—.

"어째서, 여기까지인 거야……."

레이파의 마음과는 정반대로, 상황은 최악이라고 할 수 있는 상태였다.

미르가 빈사 상태, 리무나는 던전에서 도망쳤고, 싸우던 나머지 멤버들도 이미 죽어가고 있다고 해도 좋을 상황이다.

온즈는 이미 전투 불능의 부상을 입었다. 길베르트도 서 있는 게 고작인 상태고, 게다가 그의 특기인 신성술도 봉인 당했다.

남은 전력은 미야 정도지만, 그녀도 죽는 건 시간문제다.

정령술을 계속 사용해서 마력은 완전히 바닥을 드러냈고, 남은 화살도 몇 발뿐.

【신체 강화·대】 스킬에 의한 체술로 어떻게든 적의 공격을 피하고는 있지만, 압도적인 힘을 발휘하는 적과 일대일로 싸워서 언제까지 버틸 수 있을까.

몇 초 후에 목이 날아가더라도 전혀 이상하지 않은 상태였다.

그 상황을 지켜보는 나 역시 이미 싸울 수조차 없다.

오른쪽 무릎 아래가 깔끔하게 썰렸고, 왼팔도 부자연스러운 방향으로 꺾였다.

대량의 피를 흘린 탓에 몸이 춥다. 절대적인 열량 부족을 느끼고 있다.

적에게 나 따위는 하찮은 종잇장 정도에 불과하다.

그럴 마음만 먹으면 단번에 정리할 수 있다. 단번에 정리할 수 있기에 오히려 뒤로 미루고 있다.

요컨대 악마의 마음이 변할 때까지의 목숨이라는 뜻이다.

가능했다면, 나도 리무나처럼 도망치고 싶었다.

던전 제패도, 왕이 되는 것도, 죽으면 모두 이루지 못하게 된다. 살아만 있다면 이뤄낼 가능성은 남아있다.

인간은 죽으면 모두 끝이다. 그건 어머니의 죽음을 보면 명백한 일이다.

나는 사후 세계 같은 게 있다고 생각하지 않는다. 죽으면 천국에 간다든가, 다시 태어난다든가 하는 건 산 자를 위한 현실 도피에 불과하다.

영혼 같은 건 없고, 죽으면 의식이 끊어져서 그걸로 끝. 그 이후에는 아무것도 없다.

아무리 내가 왕이 되려고 해도, 어머니는 자신의 비원이 이루어졌다는 걸 알지 못한다. 비통함 속에서 딸을 원망하며 죽었다는 사실은 변하지 않는다.

그러니 나는 어머니를 위해서가 아니라, 자신의 행동을 긍정하기 위해 왕이 될 거다. 되어야만 하는 거다.

도망치고 싶다. 도망쳐서 살아남고 싶다.

그러나 그건 이룰 수 없다.

도망칠 다리가 없으니까. 도망칠 힘도 없으니까.

이미 멤버 한 명을 제외하면 전투 불능인 상태. 리무나가 도망쳤을 때와는 상황이 다르다.

설령 도망칠 다리가 있더라도, 지금의 악마는 나를 놓치지 않는다.

"아직이야! 지금부터라고!"

미야는 쉰 목소리로 외쳤다.

자신을 고무하듯이, 자신의 목숨을 쥐어 짜내듯이.

그러지 않으면 이미 한계인 것이리라. 저 악마를 혼자서 몇 분이나 상대하는 상황이다.

솔직히 이상하다. 지금까지 봤던 그녀의 실력으로는 생각할 수 없는 기적.

분명 지금의 미야는 자신의 한계를 돌파한 상태다. 이른바 벽을 넘어선, 존에 들어선 듯한 상태.

가느다란 줄타기 위에 성립된 우연의 산물이다.

이 싸움이 끝난다면 그녀는 한 단계, 아니 두 단계 강해진 강자가 될 수 있을 것이다.

그러나 그 미래는 일어나지 않는다. 그녀의 목숨은 여기서 끝나니까.

그녀의 분투도 모두 헛수고다. 물거품으로 돌아가는 게 결정된 일이다.

미야는 정말로 리무나가 도움을 요청하러 갔다고 생각하며, 그 희망을 양식으로 삼아 싸우고 있다. 마음의 버팀목으로 삼고 싸우고 있다.

그러나 그 희망은 환상이다. 세상을 너무 믿고 있다. 현실을 너무 얕보고 있다.

나는 리무나가 정말로 도움을 요청하러 갔다고 생각하지

않았다.

애초에 그녀는 돈으로 고용했을 뿐인 파티 멤버다. 우리와 그녀 사이에 있는 건 그저 이해관계고, 동료라고 부를 수 없는 희박한 연결에 불과하다.

나도 리무나나 다른 멤버를 그렇게 대우했고, 그녀도 똑같이 생각할 게 당연했다.

언젠가 쿨리라는 소년이 말했다.

—확실히 악의가 있는 인간은 많지만, 인간의 선의라는 것도 믿어주는 게 편해요.

내가 보기에는, 인간의 선의를 믿을 수 있는 세상의 일반인들이 더 무섭다.

어째서 그렇게나 순진무구하게 남을 믿을 수 있을까?

전혀 이해할 수 없는 사고다. 공감도 납득도 할 수 없다.

사람의 선의 같은 걸 믿을 수 있는 인간은 분명 인간의 진정한 모습을 목격한 적이 없다.

자신의 욕망에 삼켜져서 딸에게 저주와도 같은 삶만을 심어놓은 여자.

그런 추악한 여자를 자신의 이익을 위해서 떠받들고, 이뤄질 리가 없는 전란을 일으키려 들었던 귀족들.

관계를 둔 여자에게 돈을 넘기고 자식의 존재를 없었던 걸로 만들려던 왕. 협박으로 여자를 배제하려 했던 재상.

새로이 일가에 들어온 배다른 딸을, 오물에 뚜껑을 덮으려는 듯 전혀 시야에 넣지 않았던 여왕. 깔보고, 위해조차 가하려 했던 그 딸들.

그리고 자신의 목숨을 위해, 사명을 위해 어머니조차 죽여버린 나.

전부. 전부 더럽고, 추악하고, 악의의 덩어리여서 깨끗한 건 하나도 없다.

세상은 구제할 도리가 없을 만큼 더럽고, 누구에게도 다정하지 않다.

"반드시 버텨내겠어! 살아서 돌아갈 거야!"

아직도 세상에 순진무구한 희망을 품고 있는 하프 엘프 소녀는 마지막 화살을 잡았다.

궁술사에게는 생명선이라 할 수 있는 존재. 그걸 아무런 주저도 없이 날렸다.

악마는 고속으로 날아온 사격을 손쉽게 피했다. 상처 하나 입지 않고, 기껏해야 적을 두 걸음 정도 물러나게 했을 뿐이다.

그러나 미야는 그 두 걸음으로도 충분한 전과라는 듯 희망의 빛을 잃지 않았다.

활을 내던지고, 완전한 도수공권으로. 맨손으로 적을 상대하려 한다.

"무리야. 절대로……."

그녀는 어리석다. 절대 이길 수 없다는 걸 알면서도. 살아남을 수 없다는 걸 알면서도 계속 덤비고 있다.

헛된 발버둥을 이어갈 정도의 순수함이 추하고 밉살스럽고, 그리고 동시에 부럽게 느껴졌다.

"구조 같은 게 올 리가 없어……. 우리는 여기서 죽어……."

자신은 그녀만큼 인간을 믿을 수 없다. 희망에 매달리는 삶을 살 수 없다.

"죽는 거야……."

문득, 자신의 손으로 내쫓은 소녀의 존재가 떠올랐다.

그녀의 이름은 소피라고 한다. 나에게 맹목적일 정도의 충성을 맹세하고, 그런 것치고 장기말로 쓰기는 불편했던 폐급 장기말 같은 존재.

그녀를 손패에 더하려고 했던 건 자신의 판단 실수였다. 자신의 선택을 후회하는 일이 좀처럼 없는 내가 웬일로 후회하던 일이다.

나는 자신의 이익만을 위해, 왕이 되는 것에 필요한지 아닌지를 천칭에 걸며 살아가는 인간이다.

소피도 왕으로 가기 위해 중요한 장기말이라고 판단해서 그녀에게 은사를 내렸다.

당시에는 그렇게 생각하고 행동했지만, 돌이켜보면 의심스럽다.

나는 감상에 젖어 그녀에게 은사를 내린 것이 아닐까? 어머니와 비슷한 환경에 있던 그녀에게, 자신이 죽인 어머니의 모습을 겹쳐보고 손을 내밀었던 게 아닐까?

어머니처럼 이성을 잃어가는 소피의 모습을 보고 싶어서, 혹은 어머니와는 다른 길을 걷는 소피의 모습을 보고 싶어서 그녀를 휘하에 들인 게 아닐까?

지금에 와서는 완전히 부정할 수 없는 자신이 있었다.

나는 자신의 신념을 굽혔기에 터무니없는 폐급 장기말을 거두게 되었다. 자신의 손패를 일부러 버리게 된 거다.

소피를 버린 것. 그것 자체는 후회하지 않는다.

그건 필수 불가결한 올바른 판단이었다.

소피가 있어봤자 21계층에서의 죽음을 피할 수 있을 것 같지는 않고, 미야가 없었다고 가정한다면 이렇게 소피를 떠올릴 시간조차 주어졌을지 의심스럽다.

게다가 지금부터 자신에게 일어날 21계층에서의 죽음을 되돌릴 수도 없다.

그녀는 분명 나를 원망하고 있겠지. 자신을 내팽개친 것을 미워하고 있을 거다.

그러면 된다. 원망하든, 증오하든. 살아만 있으면 된다.

이제 두 번 다시 어머니를 자기 손으로 죽이는 일은 사양이었다. 그런 고통, 한 번이면 충분하다.

나의 반생을 따라다녔던 안쓰러운 기사.

가능하다면 그녀가, 나를 죽인 이 악마를 토벌하고, 자신이 볼 수 없었던 던전의 최심부에 발을 들이기를 바랄 뿐이다.

"아직! 할 수 있어!"

미야가 악마의 참격을 피했다.

종이 한 장의 거리를 지나가는 검격. 일반인이라면 그 충격에 날아가 버리겠지만, 【신체 강화·대】 스킬을 가진 미야라면 버텨낼 수 있다.

"아직 싸울 수—."

그대로 악마의 품에 파고들려던 그녀의 몸이, 충격으로 치솟았다.

발차기다. 지금까지 검격만으로 응전하던 악마의 체술.

사각(死角) 바깥에서 날아온 공격에 대처하지 못한 미야는 깔끔하게 공격을 얻어맞고 말았다.

"—끅."

그녀의 몸은 한계를 넘어서 있었다. 거기에 거구에서 펼쳐진 일격이 더해졌다.

육체가 전투 의욕을 저버리고 포기하는 것을 선택한 모양이다.

공중에 떠올라, 어둠 속에서 포물선을 그리다가 낙법도 취하지 못한 채 지면에 추락했다.

흙먼지가 잦아들자, 그곳에는 눈을 뜬 채 쓰러진 미야의 모습이 보였다. 그녀는 이제 일어나지도 못하는 모양이다.

상대하던 적도 미야의 상황을 파악한 거겠지. 지금까지의 민첩한 습격을 그만두고 천천히 미야에게 걸어갔다.

—끝났다.

레이파는 모든 것을 직감적으로 이해했다.

이 모래시계의 마지막 한 방울이 떨어지는 듯한, 덧없고 한정된 시간의 종언.

지금부터 시작되는 건 학살이다. 움직이지 못하게 된 우리를 한 명씩 희롱하며 죽인다. 승자에게만 주어지는 특권. 전투라고도 할 수 없는 일방적인 폭력.

패자인 우리에게 기다리는 건, 결정적인 죽음뿐이다.

"후오오오오오오오오—."

악마는 숨을 내쉬면서 미야에게 한 걸음씩 걸어갔다.

칼이 그녀에게 닿는 거리에 들어서기까지 앞으로 조금.

이제 끝났다. 전부 끝났다.

왕의 자리로 향하던 나의 길도. 의미가 없는 인생도.

전부 끝난 거다.

"미안…… 레이파……. 이제 못 움직이겠어……."

미야는 쓰러진 채 울고 있었다.

분통한 눈물일까. 아니면 공포에 질려 흘리는 눈물일까.

딱히 나 따위에게 사과하지 않아도 될 텐데. 그런 사이일 리가 없는데. 그녀는 마지막에 나에게 말을 거는 것을 선택했다.

"미안해……. 약속 못 지키겠어……. 구조가 올 때까지 버티겠다고 약속했는데……. 함께 던전을 제패하겠다고 약속했는데…….”

그녀는 어쩜 이리도 바보일까.

그런 걸 사과하지 않아도 되는데. 당신 탓이 아닌데. 전부 내 탓인데.

내가 던전 제패 같은 목표를 내걸지 말았어야 했다.

좀 더 준비를 갖추고 21층에 도전했어야 했다.

보스의 첫 공격에 쓰러지지 말았어야 했다.

왕의 자리를 노리지 말았어야 했다.

어머니를 죽이지 말았어야 했다.

그때 함께 죽었어야 했다.

그러면 미야도, 다른 사람들도 말려들지 않고 평온하게 막을 내릴 수 있었다.

“미안해…….”

마검이 올라간다. 그건 악마의 사거리 안에 미야의 몸이 들어왔다는 걸 의미하고 있었다.

미야는 마지막으로 나를 바라봤다. 빛나는 녹색 눈동자가 누워있다.

그 빛 속에는 원념도, 분노도 섞여 있지 않았다.

생뚱맞지만, 아름답다고 생각했다.

나는 그녀의 마지막을 한순간도 놓치지 않으려 했다.

어머니가 죽었을 때와 마찬가지로, 마지막까지 그 삶을 눈에 새기자.

그것이 그들을 죽음에 몰아넣은 자신의 책임이다. 어머니가 맡긴 사명을 이루지 못한, 내가 할 수 있는 마지막 역할이다.

보라색으로 발광하는 선이 지면을 향해 뻗었다. 마검을 휘두르는 궤적.

그것이 마지막 순간일 터였다—.

“《마법 장저(스펠 샷)》!”

폭풍과 함께 나타난 그림자가 보일 때까지는 그렇게 믿고 있었다.

악연의 대결, 추도전, 꿈 같은 이야기

21계층에 내려선 동시에 나는《절영》으로 선행하기로 했다.

『프린세스 나이츠』구조. 그건 시간과의 싸움이다.

21계층의 그 보스 상대로 반파된 파티로 장시간 버티는 건 불가능에 가깝다.

얼마나 빠르게 거기 도달하느냐. 살아있을 때 늦지 않게 갈 수 있느냐.

그게 승부처이며, 미야나 레이파를 구할 열쇠가 된다.

진이 없어진 파티에서 최속의 기동력을 가진 건 나다.

적의 위치도, 거기까지 가는 길도 모두 머릿속에 전개되어 있다. 도달하는 것만이라면 그리 어려운 건 아니다.

『어라이버즈』의 모두에게 양해를 구하고 내달렸다.

놔두고 온 동료에게는 리무나가 있다.

【지도화】를 쓸 수 있는 그녀라면 보스에게 오는 데 그리 시간은 걸리지 않을 것이다.

그 판단은 정답이었다.

누워있는 미야에게 떨어지려는 검을 보고 그렇게 생각했다.

즉시《마법 장저》를 발동.

《절영》의 속도를 실은 일격은 깔끔하게 악마의 측면에 직격했다.

악마의 왼팔이 녹아서 사라지는 게 보였다.

어마어마한 위력이다. 에린이 기합을 넣어서 넣어준 술식다웠다.

"노트……."

소꿉친구가 중얼거리는 목소리가 들렸다.

다행이다. 확실히 살아있다. 늦지 않아서 다행이다.

"무슨 일이야? 그런 곳에 누워있다니. 위험하지 않아?"

하고 싶은 말은 잔뜩 있었지만, 그런 농담이 새어 나왔다.

정말이지, 나는 솔직하지 않은 인간이다.

살아있어서 정말 다행이라거나. 늦지 않게 구조할 수 있어서 안심이라거나. 괜찮아? 라든가. 네가 죽었다면 나는 어떻게 해야 좋을지 모르겠다거나.

원래라면 해야만 하는 말이 나오지 않고, 그녀를 놀리는 말이 나오고 말았다.

"처음 꺼낸 말이 그거라니…… 하아……."

미야가 쓴웃음을 짓는 소리가 들렸다.

나도 그렇게 생각한다. 대체 뭐 하는 짓이냐고.

그래도 딱히 틀린 말을 한 것도 아니다.

왜냐하면, 나와 미야는 이제 동료가 아니니까. 라이벌이니까.

그녀에게 품었던 애정을 버리고, 소꿉친구라는 관계를 잘라내고. 누군가가 던전 제패를 할 때까지는 만나지 않겠다고 약속한 우리에게는 딱 어울리는 재회의 말이었다.

"불만이 있다면 일어나. 미안하지만, 미야를 감싸면서 저 녀석과 싸우는 건 무리야."

악마는 포효를 내지르면서 즉시 거리를 벌렸다.

왼팔이 있던 곳에 문양이 전개되었다. 순식간에 세포가 증식하며 팔이 돋아났다.

"회복할 수 있나……. 성가시네."

부상당한 상대라면 조금은 해볼 만했는데, 역시 21계층 보스답다. 이쪽의 희망을 손쉽게 깨부순다.

"못 일어나겠어……."

"저기, 미야 씨……. 그런 농담을 할 때가 아닌데요……."

"농담 아니거든! 나 노력했어! 노트가 올 때까지 줄곧 혼자서 싸웠어! 조금은 위로해 줘! 칭찬해 줘도 되잖아!"

"어, 거기서 화를 낸다고?!"

"이제 정했어! 칭찬해 줄 때까지 절대 안 움직일 거야! 손가락 하나 까딱하지 않을 거야!"

"하아……. 알았어……."

나는 한숨을 내쉬며 말했다.

"정말 애썼어. 버텨줘서 고마워. 살아있어 줘서 정말 다행이야."

"—으."

이번에야말로 하고 싶은 말이 바로 나왔다. 미야가 침을 삼키는 소리가 들렸다.

여전히 누워있는 그녀를 향해 다음 말을 걸었다.

“저기, 미야 씨……. 칭찬해 줬으니까 일어나 주셔야 하는데…….”

“미안……. 이번에는 안도해서 힘이 안 들어가…….”

“예?”

“안도해서 힘이 안 들어간다고 했어!”

그렇게 자신만만하게 말해도…….

어서 물러나 주지 않으면 적의 공격에 말려들게 된다고나 할까…….

“아아, 정말!”

나는 머리를 긁적이며 말했다.

“알았어. 그대로 자고 있어. 저 녀석의 검이 미야에게 닿지 않게 할 테니까.”

그렇게 한 발짝 내디뎠다.

회피에 전념하며 악마의 공격을 버텨내고, 동료의 도착까지 시간을 벌려고 생각하고 있었지만 플랜 변경이다.

적에게 접근해서 압박을 걸면서 시간을 번다.

다행히 녀석은 《마법 장저》 한 방을 정통으로 맞았다. 이쪽의 공격력을 경계하고 있을 터다.

나의 공격 수단은 《마법 장저》가 앞으로 한 발. 미덥지 못한 잔탄이지만, 없는 걸 달라고 보채봤자 소용없다.

한정된 손패만으로 싸워야겠지.

중심을 낮추고, 전신에 괜한 힘이 들어가지 않게 숨을 내쉰다. 《절영》의 준비.

적은 21계층 보스. 싸울 수 있는 멤버는 한 명. 승리 조건은 『어라이버즈』의 모두가 올 때까지 누구 하나 죽는 일 없이 버텨내는 것이다.

조건만 따지면 한없이 불리하다.

분명 진도 이런 마음이었겠지.

우리를 도망치게 해주고자 저 악마를 혼자서 상대할 때는 그랬을 거다.

몸 상태는 나쁘지 않다. 오히려 만전이다.

『프린세스 나이츠』 때문에 예정을 무척이나 앞당긴 상황에서 악연 많은 적과 다시 싸우게 되었지만, 마음은 오히려 들끓었다.

이러면 나는 평소보다 더욱 빠르게 움직일 수 있다. 지금이라면 진의 등을 쫓아갈 수 있다.

"《절영》."

들어갔다—. 그렇게 생각했을 때는 이미 적의 품속으로 들어갔다.

빛조차도 제치는 신속의 순보. 적도 이 속도는 예상 밖이었겠지.

한 호흡 늦게 검격. 피하는 건 쉽다.

접근을 즉시 사이드 스텝으로 바꾸고, 휘두르는 검에서

거리를 벌렸다.

지면에 꽂히는 충격과 흩날리는 돌조각이 주변에 춤췄다.

여유를 두고 크게 회피한 덕분에 그 두 개의 영향은 전혀 없었다. 역시 녀석의 검은 아슬아슬하게 피해서는 안 되는 위력이다.

첫 공격은 간단히 회피했다. 그러나 두 번째부터는 상대도 호락호락하지 않을 거다.

뒤에 있는 기둥을 피하려고 방향 전환을 꾀한 순간, 2격으로 가로 베기.

즉시 위로 도약했지만, 검의 기세를 그대로 두고 등을 돌려 태클.

기둥을 박차서 방향 전환에 성공했다. 조금 전까지 뒤에 있던 기둥은 적의 돌격에 맞아 분진을 일으키며 부서졌다.

"역시 강하네……."

적의 높은 전투력에 메마른 웃음이 나왔다.

조금이라도 판단을 실수하면 즉사. 눈 깜빡할 순간에 죽더라도 이상하지 않은 극한의 싸움이다.

그러나 3격은 흘려버릴 수 있었다.

옛날에는 3격을 피하느라 안간힘을 썼었다. 나는 확실하게 성장했다.

"다음!"

적을 향해 내달렸다. 적이 미야나 다른 사람들에게 시선을 돌리지 못하게 하려면 계속 공격해야 한다.

"—큭."

고속 찌르기. 3연격. 피한 뒤에 보니, 마검을 허리 옆에 두고 있다. 모으기 자세.

다음으로 날아온 건 가로 베기. 악마는 주변을 휩쓸면서 간격을 좁혔다.

강한 파고들기. 급격한 상단 자세에서 내려치기.

이 일격은 마침내 그림자를 포착했다.

"《환영(팬텀) 회피》."

그러나 그 그림자에 실체는 없다. 악마는 허상을 벤 것에 불과하다.

즉시 《충형보족(싱크 워크)》 자세로 들어가서 가로 베기의 궤적 아래로.

손패가 점점 떨어지고 있다. 적은 확실하게 이쪽의 아츠에 대응하기 시작하고 있다.

중단 자세에서 나온 일격은 《이탈(위드드로)》로 흘려버렸다.

이걸로 《유선(스트림) 회피》 이외의 회피 아츠를 모두 적에게 보여주게 되었다.

《유선 회피》는 리스크가 너무 크다. 적의 공격에 접근하는 게 필수인 이 아츠를 사용하면 검격의 충격파에 휩쓸릴 가능성이 있다.

똑같은 아츠를 한 번 더 사용하는 것도 위험하다. 같은 회피 방법이 저 적에게 두 번 통할 것 같지는 않다.

"어쩔 수 없나. —《배향 이동(백 슬라이드)》."

이번에는 회피 아츠가 아니다. 불가사의한 궤도로 적의 배후로 이동하는, 공격으로 연결하기 위한 아츠.

적의 배후로 돌아 들어가면 할 일은 하나뿐이다.

"《마법 장저(스펠 샷)》!"

마지막 잔탄을 여기서 쓴다. 여력을 남길 여유는 없다.

적의 몸통에 커다란 구멍이 뚫렸다. 구멍에서는 계층의 어둠을 엿볼 수 있었다.

"여기서 쓰러져 준다면 편하겠는데 말이지……."

악마는 주문을 자아냈다. 구멍은 마력의 꿈틀거림과 함께 막히기 시작했다.

인간이라면 즉사해도 이상하지 않은 급소지만, 악마에게 심장이 뚫린 정도는 대처하지 못하는 부상이 아닌 모양이다.

절망하고 싶은 기분이 든다.

상처가 막히자마자 악마가 날개를 펄럭였다. 그대로 중심을 낮추고 바로 날아올랐다.

최고 속도의 돌진 공격. 모으기 시간이 있었던 만큼, 조금 전의 기동력과는 비교도 되지 않는다.

《절영》과 《이탈》을 조합하더라도 회피하는 건 어려울지도 모른다.

설령 회피하더라도 이번에는 뒤에 있는 미야나 다른 사람들이 공격을 당한다.

그러나 괜찮다. 절망하기에는 아직 이르다.

"뒷일은 맡길게요."

허공에 던진 목소리에 반응한 것은, 한 줄기의 검광.

"《발도순섬》!"

검과 도의 교차.

마검은 요염한 빛을. 요도는 흉흉한 흑염을 해방했다.

"기다렸지?"

그 목소리는 우리 파티의 리더, 포스 그랜즈의 것이었다.

포스가 검을 튕겨내자, 양자는 물러나 거리를 두게 되었다.

서로가 서로의 역량을 앞선 일격으로 파악했는지, 견제하는 분위기다.

시선을 돌리지 않고 악마의 다음 한 수를 엿보는 검사의 등이 눈앞에 펼쳐졌다.

"정말로 기다렸어요."

"시끄러워. 이쪽은 서둘러 왔다고."

"이쪽도 은근히 아슬아슬했다고요."

"어쩔 수 없잖냐. 네메 같은 녀석하고도 보폭을 맞춰야 했으니까. 도중에 몬스터가 나올 가능성도 있으니까, 놔두고 갈 수는 없었어."

"그건 그렇지만……."

"게다가 너라면 이 정도는 버틸 줄 알았어. 믿고 있었다고."

"기쁘기도 하고, 기쁘지 않기도 한 기대네요."

"너는 기대에 부응한 거야. 조금은 가슴을 펴."

그렇게 말한 포스의 의식이 순간 뒤쪽으로 향했다.

그곳에는 차례차례 달려오는 동료들.

에린, 로즈리아, 네메, 소피, 그리고 가이드를 맡아 선도하던 리무나가 있었다.

"레이파 전하?!"

만신창이인 레이파를 발견한 소피가 가장 먼저 달려왔다.

"다리가?! 괜찮으신가요?!"

"어디를 어떻게 봐야 괜찮게 보이는데……."

레이파는 어이없어하며 깊이 숨을 내쉬었다.

"애초에 어째서 당신이 왔어?"

"어째서냐니……. 그건 레이파 전하를 구하려고—."

"어째서 구하러 왔느냐고 물은 거야. 당신에게 원망 받을지언정 구조를 받을 의리는 없어. 왜냐하면, 당신은 이미 내 부하가 아니니까."

"—으."

"그러니까 어째서냐고 물은 거야. 어째서 나 같은 걸 구하러 왔어?"

"……당연한 일이잖아요."

소피는 고개를 들었다. 그 눈가에서 물방울이 떨어졌다.

"레이파 전하께서는 저를 구해주셨으니까. 외톨이가 되었던 저를, 모두가 버렸던 저를. 아버님과 어머님이 죽었을 때

손을 뻗어준 사람은 당신뿐이었어요."

"나는 그럴 생각이었던 게—."

"생각 같은 건 아무래도 좋아요! 당신이 없었다면, 저는 이렇게 살아있을 수 없었어요! 그러니까 목숨을 걸고 은혜를 갚겠다고 결심했어요. 그래서는 안 되나요?!"

"그래도, 나는 당신을 버렸어."

"……그런 건 상관없어요. 당신이 도움을 필요로 하지 않더라도. 제가 구하고 싶으니까 구한다. 그렇게 결심했으니까요."

두 사람이 서로를 응시하고 얼마간 시간이 흘렀다.

"정말이지. 마음대로 해."

먼저 꺾인 건 레이파 쪽이었다.

"당신은 정말로 못 써먹을 장기말이네. 말은 안 듣고, 멋대로 움직이고—."

"……죄송합니다."

"그러니까, 장기말이 아니라 한 명의 인간으로서, 감사할게. 당신이 구하러 오지 않았다면, 나는 죽었을 거야."

"—전하."

"정말로 고마워. 나 같은 걸 구하러 와줘서."

그것은 분명 그녀가 보답받은 순간이었으리라.

오랜 세월의 충성이. 일방적이고 일그러져 있던 마음이.

겨우 이어져서, 올바른 형태가 되었다.

소피 딘라크는 이날을 기해서, 진정한 의미로 구원받은 것이다.

"저야말로, 감사합니다. 저는 레이파 전하가 없었다면—."

"뭘 울고 있는 거야. 드물게 칭찬해 준 거니까 기뻐하라고."

"……레이파 전하를 구해드릴 수 있어서 기쁜 거예요. ……이건 기쁠 때의 눈물이에요."

"헷갈리잖아. 정말이지……."

레이파는 가까스로 움직이는 오른손을 써서 소피의 뺨을 어루만졌다.

그 어루만지는 동작에는 눈물을 닦은 것 이상의 의미가 담겨있었고.

다정함뿐인 세상이 펼쳐졌다.

가능하다면 이 광경을 계속 지켜보고 싶었다. 동료의 행복을 축복해 주고 싶다.

그러나 이곳은 21계층 최심부의 땅.

눈앞에는 진을 죽인 그 악마가 있고, 포스는 그 악마와 단신으로 맞서는 상황이다.

"소피, 이제 갈 수 있겠어?"

"응. 지금의 나라면, 뭐든 쓰러뜨릴 수 있어."

빛나는 눈동자가 21층 보스를 응시했다. 소피의 마음이 전투 모드로 전환되는 걸 피부로 느꼈다.

겨우 인원이 모였다.

『어라이버즈』의 6인과, 진을 죽인 저 악마.

이걸로 21층 보스 공략을 시작할 수 있다.

"아무래도 저 빛나는 검이 신성술 스펠을 봉인하는 효과가 있는 것 같아."

소피는 【고위 감정】 스킬로 얻은 정보를 주변에 공유했다.

"검만 부수면 네메의 회복 스펠도 쓸 수 있을 거야. 레이파 전하도 구할 수 있어."

그건 참 좋은 정보다.

저 마검만 파괴한다면 악마의 위협은 반감되는 모양이다.

"에린!"

"알고 있어!"

아이 콘택트로 내 생각이 전해진 모양이다.

그녀는 지팡이를 들고 그 끄트머리에 마력을 담았다.

"포스와 소피는 보스의 주의를 끌고, 다른 사람들은 『프린세스 나이츠』의 구조를."

주역이 교대할 시간대다.

《마법 장저》를 모두 써버린 나는 도움이 안 되고, 신성술 스펠을 쓰지 못하는 상황에서는 로즈리아나 네메도 만족스럽게 싸울 수 없다.

나머지 세 사람이 전황을 타파할 수밖에 없다.

"포스, 소피, 무슨 수를 써서라도 저 녀석의 움직임을 막아줘. 그러면 내가 검을 파괴할 테니까."

에린이 자신만만하게 말했다. 마력의 흐름으로 은색 머리가 휘날렸다.

“내가 저 검을 깨부수지 않아도 되겠냐?”

“필요 없어. 내 스펠로 한 방이니까.”

“어이어이. 말이 꽤 거창하잖냐.”

“거창하지 않아. 사실이니까.”

그렇게 말하며 술식을 전개했다.

“《전송 영역》.”

현현하는 투명한 직방체. 영역 안에 들어온 생물 이외의 모든 물질을 공간째로 잘라내는, 비생물 상대로는 최강인 스펠.

영역이 사출되어 마검을 삼키려는 듯 다가갔다.

그러나 상대는 던전 심층을 지키는 최강의 파수꾼.

에린이 보낸 《전송 영역》을 회전해서 피하며 반대로 거리를 좁혔다.

“그렇게 둘 것 같냐!”

거기에 방어로 들어온 것이 포스였다.

이번에도 마검과 요도가 맞부딪치는 광경. 에린은 그 균형에 《전송 영역》을 쏘아냈다.

“오!”

영역은 비물체적인 존재다. 포스의 몸을 관통해서 그대로 마검을 그 몸에 흡수하고자 나아갔다.

포스는 놀라서 몸을 뺐고, 악마는 즉시 위험을 느끼며 검을 내렸다.

양자의 후퇴로 인해 맞부딪치던 균형은 폭발하지 않고 재정비하는 형태가 되었다.

"야! 뭔가 이상한 게 내 몸을 통과했잖아!"

"신경 쓰지 않아도 돼!"

"신경 쓰지 말라니 대체 뭔데! 그게 뭐냐고!"

에린의 《전송 영역》을 모르는 포스는 완전히 당황했다.

그런 동요를 단호하게 끊어내는 것이 에린이라는 인간이다.

"됐으니까. 너는 저 마검의 움직임을 막기나 해. 그러면 단번에 날려버릴 테니까."

"날려버린다니 뭘!"

"당연히 마검이지!"

"정말이지 영문을 모르겠는데……."

에린의 이름을 이 나라 전체에 떨친 칠현 선발 최종전을 실제로 보지 않은 포스는 《전송 영역》의 능력을 이해하지 못하는 모양이었다.

그도 이해하는 걸 포기하고 보스에게 몸을 돌렸다.

"요컨대 저 녀석의 검을 움직이지 못하게 만들면 되는 거지? 그러면 네가 검을 부순다고."

"아까부터 그렇게 말했잖아."

"아무리 생각해도 설명 부족이라는 느낌을 씻을 수가 없는데……."

불만은 있는 모양이지만, 에린에 대한 신뢰가 앞선 것 같다.

에린이 한다고 말하면, 그녀는 정말로 해낸다.

그녀는 무모하고 앞뒤 가리지 않고 저돌맹진이지만, 그것만큼은 믿을 수 있다.

에린은 자신의 거창한 말을 반드시 수행할 수 있는 진정한 천재다.

"자, 가자!"

에린은 차례차례 《전송 영역》을 해방했다.

악마는 몸을 선회하면서 다가오는 직방체를 재주 좋게 피했다.

"《수성의(프론테) 정령, 대지를(티에라) 사용해, 감옥을(카르셀) 생성》."

거기서 나선 것이 소피다. 대지 속성 정령술로 만든 감옥으로 악마를 사로잡으려 했다.

악마는 위협적인 반사 속도로 감옥조차 피하려 했다.

그러나 《전송 영역》의 탄막도 있어서 완전히 피하지는 못했다.

딱 오른 다리만이 감옥에 갇힌 상태가 되었다.

거기에 다가오는 직방체.

"—해냈다!"

포스가 환성을 내질렀지만, 직방체는 마검과 악마의 몸을 통과했다.

딱히 아무 일도 일어나지 않은 채 악마는 구속을 풀고 머리 위로 떠올랐다.

"야, 맞았는데 아무 일도 일어나지 않았잖아?!"

"타이밍이 엇나간 거야! 다음에는 맞출게!"

《전송 영역》은 매우 까다로운 조건을 가진 스펠이다.

효과는 파격적이지만 직방체의 영역 안에 1밀리미터라도 생물이 존재한다면 불발로 끝나는, 디메리트가 큰 마법.

악마의 기동력에 대응하고자 에린은 《전송 영역》의 탄속을 올렸다.

그 때문에 직방체 안에 마검만 들어가는 시간은 한순간이고, 이번에는 그 타이밍을 놓쳐버린 것이다.

《전송 영역》은 10전 때처럼 움직이지 않는 물질에 날리는 건 유효하지만, 이번처럼 움직이는 대상에 맞히는 건 조금 허들이 높다.

그 대신 한 방이라도 맞으면 확실하게 대상을 파괴할 수 있다는 커다란 메리트가 있기에, 이대로 공격을 계속하는 방법밖에 없다.

"자, 불평하지 말고 저 녀석의 움직임을 막아!"

에린이 호통을 치며 다시 《전송 영역》의 사출을 시작했다.

이번에는 직방체를 조금 작게, 한 번에 부수는 양은 줄어들어도 검만을 영역 안에 넣을 수 있도록 수정했다.

강자만이 가지는 직감인 것이리라. 언뜻 무해해 보이는 직방체였지만, 악마는 여전히 경계를 풀지 않았다.

스텝이나 날개를 쓴 비상으로 항상 회피. 틈을 봐서 에린에게 공격.

그러나 은발의 마도사 앞에는 두 장의 벽이 있었다. 그 마검의 공격은 포스와 소피에게 저지당했다.

"지금!"

포스의 공격을 막느라 악마의 검격이 한순간 멈췄다.

그곳을 향해 에린의 《전송 영역》.

성공할 줄 알았지만, 악마는 갑자기 몸을 앞으로 기울였다.

놀랍게도 영역 안에 몸을 넣어서 《전송 영역》의 발동을 미연에 막은 것이다.

"저, 저 녀석……!"

우연—이라고 생각하는 건 너무 낙관적이겠지.

무슨 구조인지는 모르겠지만, 아마 저 적은 이미 《전송 영역》이라는 스펠을 간파했다.

그 위협과 약점을 정확하게 분석한 모양이다.

효과를 모를 때 해치운다는 꼼수가 통하지 않는다면, 마검을 부수는 방책을 바꿔야 할지도 모른다.

그렇게 생각한 순간이었다.

"《수성의(프론테) 정령, 대지를(티에라) 사용해, 기둥을(필라) 생성》."

머리 위에서 일격. 소피의 정령술.

천장을 매개로 전개한 기둥이 몸을 앞으로 기울였던 악마의 등에 꽂혔다.

중심을 억지로 무너뜨린 순간 기습을 당했으니, 아무리 21계층 보스라도 버티지 못했다.

악마는 마검을 지면에 꽂으며 짓눌리지 않게 버텼다.

움직임이 멈춘 마검은 절호의 표적이었다.

"소피, 잘했어!"

에린의 지팡이 끝이 빛났다. 거기서 나타난 직방체는 한없이 기하학적이었고.

"《전송 영역》."

보라색으로 발광하는 검을 영역 안에 넣은 순간 소멸했다.

마치 처음부터 그 일부분이 없었던 것처럼 사라지는 도신.

갑자기 지지대를 잃은 악마는 머리 위에서 떨어진 기둥에 저항하지 못하고 지면을 기었다.

곧바로 주변에 전개되어 있던 보라색 오라가 사라졌다.

그 순간을 호시탐탐 노리던 것은, 다른 누구도 아닌—.

"《성녀의 자비(원더 오브 세인트)》예요!"

『어라이버즈』의 정규 신관이었다.

네메가 방출한 기적이 마검의 저주가 풀린 세계를 덧칠했다.

레이파의 잘린 다리가 점점 원래대로 돌아갔다. 마도구를 써서 가까스로 연명하던 빈사 상태의 미르가 숨을 되찾았다.

절망적인 죽음을 앞둔 인간을 단번에 삶의 경계로 인도하는 회복 스펠.

이 정도의 치유 술식을 발동할 수 있는 신관은 이 세계를 통틀어도 몇 명밖에 없을 거다.

언제나 마스코트 같은 위치에 머무는 그녀가 『어라이버즈』에 있는 의미를 다시금 알게 되는 순간이었다.

흙기둥이 터지는 소리가 들렸다. 눌려 있던 악마의 위협이 되살아난 순간이다.

그 검푸른 몸이 변화했다.

떠오르는 혈관과 함께 신체 구조가 다시 만들어지는 게 엿보였다.

형태는 유선형으로. 날개는 소형이 되었다.

대신 다리가 한층 커지고, 발톱이 지면에 파고들었다.

달리는 것에 적합해진 형태. 더 빠르고, 더 강하게 적을 쓰러뜨리기 위해.

마검을 들고 있던 손은 이미 칼날처럼 날카롭게 반짝였다.

이게 저 악마의 제2형태. 마검이라는 공격 수단을 잃은 적의 최적화된 변신이었다.

사악한 파동이 강화되었다.

적이 공격해 오리라 판단했을 때, 이미 악마는 지면을 박차고 있었다.

일직선으로 에린에게—.

아니. 적의 진로는 네메를 향하고 있다.

저 악마는 마검을 일격에 부순 마도사보다도 파격적인 신성술을 구사한 신관이 더 위험하다고 판단한 모양이다.

늦어진 반응.

그건 나만이 아니라 포스도 소피도 로즈리아도 마찬가지였다.

모두가 자신의 실수를 후회한 그 순간—.

단 한 명, 움직이기 시작한 인물이 있었다.

"《심판의 철퇴》."

악마와 대치한 것은 『어라이버즈』가 아니었다.

신성술을 쓰지 못해서 물러나 있던 것은 네메와 로즈리아만이 아니었다.

저 악마에게 몸통이 갈라질 정도의 일격을 먹인 것은, 『프린세스 나이츠』의 신관 병사 길베트르 아인잭이었다.

"감사를 표하마. 『어라이버즈』의 멤버들이여."

한 손에 든 것은 사람 한 명 크기는 되는 백은의 메이스.

신성한 파동을 몸에 두르고, 넘쳐 나는 마력을 끌어올린 것은 신관 병사라는 배틀 스타일에서 최강이라 불리는 남자다.

계속해서 일어나는 기척.

네메의 회복 스펠로 부활한 『프린세스 나이츠』의 멤버들이 전투에 복귀할 수 있는 상태로 돌아왔다.

《색적》에 의한 기척 탐지에 따라, 마검이 부서져서 제2형태가 된 악마의 전투 능력이 올라간 게 피부로 느껴졌다.

그래도 신성술이 해방되고, 만전의 상태로 싸울 수 있는 『어라이버즈』.

여기에 『프린세스 나이츠』의 멤버가 가세한다면 질 것 같지는 않았다.

얼마나 시간을 들이느냐가 승부처였던, 나와 악마의 일대일이 펼쳐진 제1라운드.

에린이 《전송 영역》으로 마검을 부수는 게 승리 조건이었던 제2라운드.

그리고 제3라운드.

마지막 라운드인 『어라이버즈』와 『프린세스 나이츠』에 의한 싸움이 시작되려 하고 있었다.

*

21계층 보스와 싸우기 시작한 지 얼마나 시간이 지났을까?

내가 도착하고 난 이후부터 세어도 30분은 이미 지났을 거고, 『프린세스 나이츠』와의 연전을 고려하면 전투 시간은 한 시간 이상은 될 것이다.

이미 적은 마력이 떨어져서 회복 수단을 잃었다.

포스의 참격으로 잘린 오른 날개는 단면이 보일 정도고, 길베르트가 메이스로 후려친 일격으로 얼굴이 뭉개졌다.

에린의 화염 마법으로 좌반신이 불탔고, 미르가 생성한 마법검이 등을 찌르고 있다.

로즈리아의 성검 플룩투스가 양손의 손톱을 날려버렸고,

온즈의 타격으로 오른 다리는 뭉개졌다.

그야말로 적은 만신창이 상태. 격파할 때까지 앞으로 한 발짝 남은 상태다.

반면, 이쪽도 악마에 유효타를 가하기 위해 리소스를 상당히 소비한 상태다.

네메와 로즈리아의 마력은 여차할 때를 위한 만큼만 남겨놨고, 포스의 연옥이 가하는 저주의 흑염도 무시할 수 없을 만큼 침식 중이다.

『프린세스 나이츠』도 비슷한 상황이겠지.

레이파도 마도구를 모두 써버렸고, 미르도 마법검을 생성할 마력이 남지 않았다.

아무리 회복 스펠의 존재가 있다지만, 온즈나 길베르트의 체력도 바닥을 드러내기 시작했다.

"괜찮겠어?"

옆에 선 하프 엘프 소녀에게 말을 걸었다.

그녀는 숨을 내쉬고는 주먹을 움켜쥐며 말했다.

"응. 화살은 이제 없지만, 에린 씨의 스펠로 마력은 회복했어. 물론 싸울 수 있어. 그쪽은?"

"《마법 장저》의 잔탄은 보급했어. 지금의 나라면 유효타를 가할 수 있어. 체력도 충분. 만전의 상태야."

『어라이버즈』와 『프린세스 나이츠』의 공동 전선.

처음에는 총력전에 나설 작정이었지만, 적의 불사신 같은 회복 능력 때문에 작전을 변경해서 적의 마력을 깎아내는 싸움으로 이행했다.

인원이 많기에 지구전에 나서려면 로테이션을 돌며 싸우는 게 필요했다.

몇 명이 싸우고, 그동안 나머지 멤버는 태세를 재정비한다.

현재는 포스와 길베르트가 적의 공격을 막아내는 턴이다.

그리고 무한한 마력을 가진 에린에게 지원을 받은 나와 미야가 다음으로 전면에 나설 차례였다.

로테이션의 조합상 나와 미야가 악마를 동시에 상대하는 건 이게 처음이었다.

처음으로 하게 되는 협력전.

태어나서 자란 창구즈에서의 생활이나, 단둘이서 활동하던 모험가 시절.

재회하고 로즈리아와 셋이서 모험가 일을 하던 왕도에서의 매일.

함께 몬스터와 싸운 건 처음이 아니지만, 진정한 의미로 어깨를 나란히 하고 싸우는 건 처음이다.

『어라이버즈』의 노트 애슬론과 『프린세스 나이츠』의 미야 라인.

같은 마을에서 태어난 우리는 불행히도 다른 길을 걷게 되었고, 각자 따로 살아가는 걸 선택했다.

그래도 둘이서 일류 모험가가 되자는 옛날의 꿈은 마음속

깊은 곳에 있었고.

어린 시절에 그리던 형태와는 많이 달라지고 말았지만.

그 소원은 이제 진정한 의미로는 이루지 못하게 되었지만.

분명, 이 협력전은 신이 내려준 선물이다.

던전 심층의 강적 상대로, 소꿉친구와 어깨를 나란히 하고 싸운다.

이 모습은, 확실히 예전에 내가 마음속으로 그리던 것이다.

경위나 서로의 입장에서 눈을 감고 배경만 따온다면, 꿈을 이뤘다고 해도 과언은 아니다.

그렇게 생각한 건 나만이 아닐지도 모른다.

미야가 나를 보며 미소 지었다.

"그럼, 우리 차례에서 끝내버릴까?"

"그럴까. 둘이서 쓰러뜨리자."

"발목 잡아당기면 안 돼?"

"그쪽이야말로."

이런 별것 아닌 농담조차도 즐겁다.

왜냐하면, 이건 내가 그녀와 어깨를 나란히 하고 있다는 증명이니까.

옛날의 나는 절대로 이뤄내지 못했던 꿈이었으니까.

"포스 씨!"

"길베르트 씨!"

""교대해 주세요!""

두 사람의 목소리가 어두침침한 신전 안에 메아리쳤다.

자, 한때뿐이지만 최고의 꿈이 시작된다.

"―《절영》."

빛을 뿌리치는 어둠의 질주.

몇 번에 걸친 싸움으로 피로가 쌓여있을 텐데도 몸이 가볍다.

지금이라면 어디든 갈 수 있을 것 같다.

악마의 팔을 휘두른 공격을 회피하고, 화염 브레스도 회피. 눈에서 발사된 빔도, 꼬리 찌르기도 전부 맞지 않는다.

"《만록의 정령(에스메랄다), 물을(아구아) 사용해, 화살을(플레차) 생성》."

미야의 정령술 영창이 들린다.

오른손 어딘가에서 물이 나타나서 소용돌이치며 화살의 형태를 형성했다.

악마의 의식이 마력의 존재에 이끌려 미야를 향했다.

알고 있다. 보낼 것 같으냐.

―《유선(스트림) 회피》.

여기에 와서, 지금까지 주저하던 《유선 회피》를 꺼내 들었다.

적에게 접근해서 상대의 공격 직전에 회피하는 이 아츠는 거리감이 한 발짝이라도 어긋나면 즉시 죽음으로 이어지는 위험한 아츠다.

특히 완력이 강한 이 악마가 상대라면 주변의 충격파에 말려들 가능성이 높았다.

그래서 굳이 쓰지 않고 있었지만, 지금의 나라면 가능하다는 확신이 있었다.

그리고 확신은 정답이었다.

내지른 공격을 직전에 피해버리자, 악마가 순간적으로 휘청거렸다.

나의 소꿉친구는 그 미약한 빈틈을 놓치지 않았다.

"—에서 《포격의 일사(一射)》."

미야가 정령술로 만든 물의 화살이 악마의 몸을 관통했다.

치명상에 가까운 일격. 지금이 처치할 기회다.

"흡—."

오른손을 굽히며 숨을 가다듬었다.

등골에 심지를 세우고, 마치 한 자루 활이 된 것처럼 자세를 잡았다.

들뜨는 마음을 억누르면서 자세를 잡는 데 전념한다.

그리고 오른손 장갑에 담긴 함정 마법을 해제하며 술식을 해방했다.

"《마법 장저(스펠 샷)》."

나의 《장저(샷)》와 에린의 마법을 조합한 아츠.

그런 일격을 제로 거리에서 맞은 적은 이미 상반신이 날아가 버렸다.

그리고 그 검은 몸은 재생하지 못한 채 조용히 무너졌다.

그 순간은 한순간이었고, 기나긴 싸움에 비해서는 담백했다.

"쓰러뜨린 건가……."

조금 맥이 빠진다고 해도 과언이 아니었다.

주변이 정숙에 휩싸였다. 대답이 돌아오지 않는다.

흙먼지가 조용히 춤출 뿐이었다.

그 기나긴 침묵으로 인해 점점 실감이 솟구쳤다.

어쩌면, 나는 21층 보스를 쓰러뜨린 게 아닐까? 드디어 쓰러뜨린 게 아닐까?

파티의 동료이자 존경하는 스승이었던 진의 목숨을 빼앗은 악마.

『어라이버즈』를 절망적인 힘으로 때려눕히고, 한때는 재기불능 상태로 몰아넣은 악연의 적.

조금만 잘못되었다면, 나의 모험가 인생도 이 녀석 때문에 끝나버렸을지도 모른다.

그런 원수와도 같은 적을 드디어 쓰러뜨릴 수 있었다.

『어라이버즈』는 겨우 앞으로 나아갈 수 있다. 21층 너머로. 심층 깊은 곳으로.

1년 이상 제자리걸음이었던 계층 공략을 마침내 완수하게 된 것이다.

주변에 울려 퍼지는 『어라이버즈』와 『프린세스 나이츠』 사람들의 환성, 그리고 다음 계층으로 가는 문이 열리자, 비원을 달성한 것을 그제야 실감할 수 있었다.

진정한 보금자리로

격동의 21계층 공략이 끝난 지 빠르게도 며칠이 지났다.

흥분에 들뜬 마음이 겨우 진정되었을 시기다.

의도치 않게 던전 공략을 이어가게 되었던 『어라이버즈』는 그동안 쌓인 피로를 풀기 위해, 마음을 진정시키는 의미도 포함해서 한동안 휴식하게 되었다.

몸이 둔해지지 않게 바깥에서 가볍게 운동을 마치고 샤워한 뒤, 거실에서 쉬고 있는데 누가 말을 걸어왔다.

"잠깐 괜찮아?"

이 목소리는 소피다.

고개를 들자, 역시 그곳에는 등을 쭉 뻗고 서 있는 메이드복 차림의 소녀가 있었다.

"뭔데?"

"가줬으면 하는 곳이 있어."

"갑자기 뭔데? 혹시 고백?"

예전의 앙갚음을 담아서 농담을 꺼내봤다.

그런 나의 농담에 그녀는 어떻게 반응했냐면―.

"그럴 리가 없잖아. 냉정하게 생각해. 어째서 당신을 좋아한다고 생각하는 거야? 혹시 노트는 나르시시스트?"

"……."

나도 그런 생각은 하지 않았기에 농담이었지만, 이렇게나 마구마구 두들겨 맞을 줄은 몰랐다.

은혜가 개입된 주종 관계에서 해방되어 비밀의 공범자가 된 소피는 나에게도 사양하는 일이 없어지게 되었다.

그것 자체는 기쁜 일이지만, 이렇게나 심한 소리를 들으면 예전의 순종적인 그녀가 그리워지는 법이다.

그보다 이런 착각 자체가 처음에는 소피가 한 일이거든? 지금 발언, 전부 부메랑이라고.

"뭐, 농담은 넘어가고—."

물론 다정한 나는 그런 걸 추궁하지 않는다.

신경 거슬리는 소리를 해서 이 이상 호감도를 내려 싫은 소리를 듣고 싶다거나 그런 생각은 안 하니까.

여자에게 험담을 듣고 쫄은 게 아니니까.

"가줬으면 하는 곳이라니?"

"레이파 전하께서 부르셨어. 할 말이 있다고."

"요전에 했던 21계층전의 뒤처리하고는 별도로?"

"맞아."

일단 요전의 21계층 공략에서 『어라이버즈』는 『프린세스 나이츠』의 구조 요청에 응했다는 형태가 되었다.

모험가 파티간의 구조라면 보수 이야기가 나오는 것도 당연한 이야기다.

실제로 나와 에린이 20계층에서 조난했을 때도 수조에 나선 파티에게는 진이 보수를 지불했다고 하고, 아무리 지인 파티라도 무보수라는 건 체면상 어렵기도 했다.

그런고로 보수 교섭 등을 나와 포스가 맡게 되었는데, 의외로 레이파는 바로 응했다.

악연이 있는 그녀라면 조금 더 꺼릴 줄 알았는데, 의외로 은혜는 확실히 느끼고 있는지 우리가 상정했던 것의 몇 배 수준조차 아닌 엄청난 보수를 조건으로 내세웠다.

제시한 보수 중에는 그녀가 왕이 되었을 때 귀족 신분을 인정해 주겠다는 뒤숭숭한 것까지 존재해서, 아무리 우리라도 거절할 수밖에 없었던 게 기억에 생생하다.

결국 레이파에게 돈을 받는 것도 무서워져서 쓸만한 마도구를 몇 개 양도받는 소소한 보수만으로 물러나고 말았다.

이 이상 원한을 사고 싶지는 않으니까. 『어라이버즈』는 결코 적은 아니라는 뜻을 넌지시 담아서 욕망을 추구하는 걸 그만뒀다.

그것 때문인지는 모르겠지만, 레이파도 옛날처럼 『어라이버즈』나 나에게 악감정을 품고 있지는 않은 모양이었다.

굳이 따지자면, 그들을 21계층에서 구해냈을 때부터 용서받은 느낌이 들었다.

일단 『어라이버즈』와 『프린세스 나이츠』의 분쟁은 전부 해결됐다고 봐도 되겠지.

이번에 호출한 건 완전히 다른 용건인 모양이다.

"할 말이라니 뭘까……."

"나도 몰라."

"나와 소피에게 할 말이라……. 상상도 안 가는데……."

"그게 아니야. 호출한 건 나뿐."

뭐야. 그런 건가.

그럼 어째서 나에게 말을 건 걸까.

"그럼 나는 어디로 가야 하는데?"

"레이파 전하께."

"어째서? 부르지도 않았는데?"

"나, 혼자 가는 건 불안. 무슨 이야기를 해야 좋을지 모르겠어. 노트가 따라와 줬으면 해."

"……."

완전히 말려든 셈이었다.

아무리 상대에게 은혜를 입혔다고 해도 그 왕녀님에게 가는 건 무섭단 말이지…….

무슨 계기로 분노를 사게 될지 모르니까.

가능하다면 건드리지 않는 신에게는 재앙도 없다는 자세로 가고 싶었다.

"어째서 나인데. 에린 정도라면 부탁하면 들어주지 않을까?"

"에린이 말했다가는 반대로 이야기가 복잡해질 것 같아……."

"확실히……."

납득이 갔다. 소피도 파티 멤버를 잘 알게 된 모양이다.

"게다가 당신은 공범자. 나에게 협력하는 건 당연한 일."
"일방적으로 적당히 부려 먹히는 느낌이 드는데 말이지……."
"공범자인 당신이라면 은혜를 입어도 억지로 갚을 필요는 없어. 애초에 노트 정도 말고는 이런 걸 부탁하기 힘들어."
"그렇게까지 말한다면야……."
뭐, 그녀 나름의 신뢰를 얻어냈다고 치자.
소피에게 무척 무른 것 같지만, 박복한 오라를 풍기는 그녀를 보고 있으면 왠지 다정하게 대해주고 싶단 말이지.
나도 의외로 쉬운 인간일지도 모른다.
"그럼 어서 준비해. 나는 이미 갈 준비를 끝냈으니까."
"어?! 지금부터?!"
"그럴 생각인데. 뭔가 문제라도?"
"아니, 예정 같은 건 없지만, 마음의 준비가……."
"마음의 준비 같은 건 필요 없어. 노트는 나를 따라와서, 지켜보고, 나아가서는 적절한 타이밍에 지원을 해주면 될 뿐이니까."
"앗, 지켜보기만 하는 건 안 되는구나……."
"그러다 대화가 실패로 끝나면 상처받은 나를 위로해 줬으면 좋겠어."
"게다가 애프터 케어까지 필요했어?!"
대화가 실패로 끝나는 게 전제라니, 소피의 마이너스 사고가 마음껏 발휘되고 있는 것 같지만 나도 남 말은 할 수 없는 마이너스 사고의 소유자이기에 추궁하는 건 그만두기로 했다.

“그보다 그렇게나 중요한 역할이라면 조금 더 마음의 준비를 하고 싶은데.”

“너무 지연되면 나의 마음이 버틸 수 없어. 이런 건 단번에 끝내고 싶어.”

“그쪽의 멘탈 문제도 있구나…….”

일찍이 추방당한 옛 주인과 면회하는 거니까. 긴장하는 것도 당연하다.

그렇게 안 좋은 내용의 대화는 아니겠지만, 레이파에게 충성심이 강한 만큼 심각하게 생각하는 거겠지.

“알았어. 지금 당장 가자.”

“……괜찮아?”

“지금 당장 가는 게 좋다고 말한 건 그쪽이잖아?”

“그렇기는 하지만……. 지금 당장 가는 것도 긴장되니까…….”

“어느 쪽인데!”

“지금 당장 가는 게 좋아.”

고민한 끝에 소피는 지금 가는 선택을 한 모양이다.

다행히 나의 현재 복장은 당장 밖으로 나갈 수 있다. 빨리 끝내는 편이 소피를 위해서도 좋다.

“그럼 가자.”

“잠깐 기다려.”

"이번에는 뭔데?"

걸어가려던 나의 소매를 붙잡은 소피가 말했다.

"긴장했더니 배가 아파졌어. 화장실에 갔다 온 뒤에 가도 될까?"

"마음껏 갔다 와……."

나와 소피가 파티 하우스에서 나간 건 그로부터 30분 뒤의 일이었다.

*

"저기…… 실례합니다……."

호텔 방에 설치된 초인종을 누르자 모습을 드러낸 건 그 포학 왕녀였다.

불쾌한 표정으로 이쪽을 노려보고 있다.

"있잖아……."

"왜 그러시나요."

"어째서 당신이 온 거야……."

"어째서일까요?"

내가 묻고 싶을 정도다.

방 초인종을 누른 것도 나. 문 앞에 선 것도 나.

호출된 당사자는 내 뒤에서 몸을 숨기며 쪼그라들어 있었다.

"정말로 못 써먹을 아이네. 쓸데없는 짓은 하지 말고 혼자

와야지."

"……노트 때문에 혼났어."

소피가 작은 목소리로 살짝 중얼거렸다.

나 때문으로 하지 말아 줄래요? 완전히 소피 씨 때문이거든요.

"뭐, 됐어. 왔으니 어쩔 수 없지. 서서 이야기하기도 그러니까 들어와."

쫓아내지는 않는 모양이다.

둘이서 방 안으로 들어왔다.

"앗……."

방 안에 있던 미야와 눈이 마주쳤다.

그러나 눈이 마주치자마자 시선을 돌려버렸다. 그대로 아무 말도 하지 않고 입을 다물고 있다.

뭔가 나를 피하는 것 같아서 슬프다.

뭐, 던전을 공략할 때까지 얼굴을 마주하지 않겠다고 약속했는데 21층에서 바로 구조받았으니까 거북하게 느끼는 거겠지만.

방 안에 있는 건 우리를 포함해서 네 명뿐이었다. 레이파는 거창한 움직임으로 자리에 앉았다.

침묵이 지배하는 공간에서 소피가 귓속말했다.

"노트, 할 말이 뭔지 여쭤봐."

"어째서 나인데. 그 정도는 직접 말해야지."

"그런 거, 긴장하고 있는 지금의 내가 할 수 있을 것 같아?"

"자신만만하게 말해도……."

어이없어하면서도 레이파를 돌아봤다.

이 자리를 빠르게 끝내기 위해서라도 내가 팔을 걷어붙일 수밖에 없어 보인다.

"레이파 님. 그래서 할 말이라니 뭔가요?"

"그러니까 왜 당신이 나서는 거냐고……."

"그러게 말이죠."

완전히 반론할 수 없었다. 너무나도 정론이다.

그러자 또다시 소피의 귓속말이 날아왔다.

"레이파 전하를 화나게 만드는 말은 하지 말아줘."

"완전히 소피 때문인 것 같은데……."

불합리한 배후의 지적에 불평하고 싶은 기분으로 가득했다.

직접 대화했다면 지금 내가 혼날 일도 없었을 거다.

"본론으로 들어가도 될까?"

레이파가 그런 우리를 보고 어이없어하며 턱을 괬다.

소피가 고개를 끄덕끄덕 흔들었다.

"사실은 노트 애슬론이 없는 곳에서 말하고 싶었지만—."

그렇게 전제를 둔 레이파가 입을 열었다.

"우선, 나를 구해준 것에는 감사하고 있어. 지금까지의 일은 흘려버리도록 할게. 그러니까 괜히 경계하지 않아도 돼."

"넷!"

소피가 굉장히 상기된 목소리로 대답했다.

그런 그녀의 모습에 쓴웃음을 지은 레이파가 말을 이었다.

"거기서 하나 할 말이 있어. 괜찮을까?"

"네. 뭐든지!"

딱딱하게 굳어진 소피에게 레이파가 충격적인 제안을 꺼냈다.

"소피, 나에게 돌아올 생각은 없어?"

나는 저도 모르게 눈을 크게 떴다. 그건 소피도 마찬가지였다.

"돌아오라니—."

"말 그대로야. 당신이 없었다면 지금쯤 나는 살아있지 못했어. 그 활약을 봐서, 내 곁으로 돌아오지 않겠냐고 제안하는 거야."

거기까지 말한 레이파가 고개를 흔들었다.

"이게 아니네. 정정할게. 내 곁으로 돌아와 줬으면 좋겠다고 부탁하는 거야."

"부탁……."

"맞아. 아무래도 나에게는 당신이 필요한 것 같아. 휘하로는 전혀 써먹을 수 없었지만, 나를 뒷받침해 주는 한 명의 인간으로서 당신은 필요한 조각일지도 몰라. 요전 사건으로 그렇게 생각하게 되었어."

이건 눈에 보이는 레이파의 변화.

그녀가 이런 말을 하는 날이 올 줄이야.

"섬기는 기사가 아니라도 좋아. 시종이 아니라도 좋아. 곁에 머물며 뒷받침을 해줬으면 좋겠어."

어울리지 않는 올곧은 말.

레이파의 눈을 봤지만, 그것에 거짓이 없다는 건 명백했다.

"상황에 따라서는 『프린세스 나이츠』에 돌아와도 좋아."

"『프린세스 나이츠』에……? 그래도—."

"참고로 그럴 경우에는 이 하프 엘프를 『프린세스 나이츠』에서 방출해서 숫자를 맞출 테니까."

"어째서야?!"

설마 하던 유탄을 얻어맞은 미야가 눈을 휘둥그레 떴다.

그러나 이 자리의 분위기를 개그로 물들여 버릴 것 같은 하프 엘프를 방치한 레이파가 말을 이었다.

"당신에게는 나쁘지 않은 이야기일 거야. 내가 왕이 된다면, 당신의 소원을 모두 이루어 주겠어."

"으?!"

"그러니까 내 곁으로 돌아와. 소피."

그것은 그녀가 바라던 말이었다.

비원이라고 생각하던 제안. 충성을 맹세한 옛 주인이 겨우 내려준 보답.

수락할 수밖에 없다. 소피가 『어라이버즈』에서 떠나는 건 슬프지만, 어쩔 수 없는 일이다.

그녀의 꿈이 겨우 이루어진 거다. 겨우 보답받은 거다. 그녀의 행복을 위해서라면 파티를 떠난다는 결단도 축복해 주자.

그렇게 생각하던 직후였다.

"죄송합니다. 그것만큼은 할 수 없어요."

그래서 그녀가 그 제안을 거절한 것을 깨닫는 데 시간이 걸렸다.

"—어?!"

놀라는 나와는 달리, 레이파는 차분한 모습으로 입을 열었다.

"어째서인지, 이유를 물어도 될까?"

"네. 레이파 님의 제안은 기뻐요. 정말로, 그야말로 날아오를 만큼."

"그럼 수락하면 되잖아."

"그래도, 『어라이버즈』에서의 생활도 즐거워요. 끝내고 싶지 않다고 생각하는 자신도 있어요."

소피가 그렇게까지 우리를 생각해 주고 있었다니 상상하지 못했다.

그녀에게 『어라이버즈』는, 어느새 레이파와 비교할 만큼 커다란 존재가 되었던 건가.

"지금의 보금자리를 버리고 싶지 않아요. 그래서, 레이파 전하의 제안을 받아들일 수는 없어요."

"그래……."

"그래도, 만약 던전 공략을 이뤄낸다면! 그때는 다시! 레이파 전하의 밑에서 일하게 해주실 수 없을까요?!"

"……."

"저의 어리광을 허락해 주시겠나요?!"

"하아……."

레이파는 한숨을 내쉬었다.

확실히 그건 말만 들으면 어이없게 들릴지도 모르지만, 그녀의 얼굴을 보는 내가 보기에는 다정한 한숨이었다.

"그거야 당연히 좋지. 나는 부탁하는 처지야. 그 정도의 어리광 정도는 들어줄 수 있어."

레이파는 그저 웃었다.

그런 옛 주인의 표정에 안심한 것이리라. 소피는 깜짝 놀라면서 울기 시작했다.

"정말인가요?!"

"정말이야. 이런 일로 거짓말 같은 건 안 해."

"레이파 전하…… 훌쩍……."

"뭔데……."

"레이파 전하아아아아아아아!"

완전히 펑펑 울고 있다.

"으아아아아아아아아앙!"

남들 앞인데도 불구하고 울면서 콧물을 훌쩍이는 소피를 본 레이파는 쓴웃음을 지으면서도 다가가서 머리를 쓰다듬

었다.

"정말이지, 우는 얼굴도 못생겼다니까……."

둘만의 다정한 세계. 누구도 끼어들 여지가 없는 성역이 그곳에 펼쳐져 있었다.

나와 미야는 그 광경을 묵묵히 바라봤다.

"우리가 있다는 건 잊어버렸네."

"그래도 괜찮지 않을까?"

꿔다 놓은 보릿자루가 되어버린 상황과는 달리, 마음속에 퍼지는 것은 따스한 기운이었다.

*

"정말로 레이파 님의 제안을 거절해도 괜찮겠어?"

호텔 방을 나온 나는 소피에게 물어보기로 했다.

촌스러운 질문이라는 건 알지만, 정말로 후회가 없는지 꼭 입 밖으로 꺼내서 확인하고 싶었다.

소피는 눈물로 부어오른 눈으로 수긍했다.

"응. 후회는 안 해. 던전 공략을 마친 뒤, 레이파 전하에게 돌아가도 된다고 했으니까."

"그렇다면 다행이네."

힘차게 말하는 그녀를 보고 안심했다.

소피를 『어라이버즈』에 권유해서 정말 다행이다. 그렇게 생각하게 된 순간이었다.

"그럼 돌아갈까."

평소보다 더 개운한 마음으로 로비를 지나 건물에서 나오자, 그곳에 나타난 건 설마 하던 인물들이었다.

"드디어 확보했어요! 두 분의 밀회 현장!"

"노트와 소피가 단둘이서…… 호텔에……."

그곳에는 모자와 선글라스로 기자처럼 꾸민 로즈리아와 입에서 영혼이 빠져나가고 있는 에린이었다.

어째서 두 사람이 이런 곳에?! 그보다 뭐 하는 거야?

"뭔가 의아해하는 모습이네요?"

이미 시체가 되어가고 있는 기자 B(에린)를 무시한 기자 A(로즈리아)가 말했다.

"어느 평온한 휴일 낮. 뭔가 수상쩍게 둘이서 파티 하우스를 나가는 남녀가 있잖아요. 게다가 그 남녀는 얼마 전 의혹의 하룻밤을 함께 보낸 두 사람. 이건 완전히 특종의 예감이죠! 쫓아갈 수밖에 없잖아요! 저의 기자 정신이 불을 뿜었어요!"

"……."

내 인생에서 종종 일어나는 안 좋은 타이밍의 그것이었다.

이미 익숙해졌기에 놀랄 기력도 나지 않는다.

그보다 너는 기자가 아니잖아.

예전에 진을 미행할 때도 그랬지만, 정말로 로즈리아는 이런 걸 좋아한단 말이지…….

"어떤가요? 에린 씨? 완전한 증거를 확보한 감상은? 노트가 그런 짓을 할 리가 없다며 현실 도피와 같은 변명을 실컷 했었잖아요?"

"죽고 싶어. 이상."

"지금까지 현장에서 보내드렸습니다."

로즈리아는 이거 무조건 즐기고 있잖아.

나의 의혹을 추궁한다기보다는, 나의 무고함을 아는데도 불구하고 에린을 부추겨서 놀고 있다는 느낌이다.

참고로 IQ가 2밖에 안 되는 에린은 로즈리아의 함정에 그대로 빠져버렸다.

"그래서 소피 씨. 호텔 방에서는 무슨 일이 있었나요?"

"잔뜩 울었어."

"이봐, 말투……."

이거 소피도 완전히 노리고 한 말이잖아. 이건 확신범이다.

"나죽어……. 다시태어나면…… 잡초가되고싶어……."

이상한 주문을 읊고 있는 옆의 오브제는 무시하고 싶었다.

잡초는 잡초대로 살아가는 게 힘들 거야. 지금의 인간으로 지내는 삶을 소중히 여기자.

"좋아요. 이걸로 방해되는 라이벌이 한 명 사라졌어요. 이제는 미야 씨뿐이네요."

뭔가 뒤숭숭한 소리를 하는 건 푸른 머리 기자다. 대놓고 승리의 포즈를 취하고 있다.

에린, 죽었다는 대우를 당하고 있잖아! 어서 되살아나!

그리고 어째서 여기서 미야의 이름이 나오는 걸까?

소피보다 미야가 나와 어떻게 되는 것이 더더욱 말도 안 되는 소리다. 그녀가 나에게 품는 심정을 생각해보면.

"소피 씨, 나이스 어시스트에요!"

"잘 모르겠지만, 도움이 된 것 같아서 다행이네."

"미야 씨를 쓰러뜨릴 때도 협력 부탁드릴게요."

"그 하프 엘프에는 나도 원한이 있어. 레이파 전하에게서 쫓겨났을 때의 원한이. 쓰러뜨리는 데는 협력할게."

평소에는 얌전한 소피가 웬일로 의욕적이다! 미야, 도망쳐!

충고하고 싶은 마음은 굴뚝같았지만, 내가 그녀에게 가면 이 두 사람도 데리고 가야 할 것 같아서 역효과일지도 모른다.

나의 자랑스러운 소꿉친구니까, 자객 두 명 정도는 어떻게든 하겠지. 그렇게 믿기로 하자.

로즈리아의 화술에 밀려서 우는 모습밖에 상상할 수 없지만.

"적당히 하라고……."

나는 담백한 충고만 해두기로 했다.

매정한 소꿉친구라 미안.

"그나저나 소피 씨. 개운한 표정이네요. 마치 씌인 것이 떨어진 것 같아요."

"그래?"

"그렇게 보여요. 혹시 노트와 정말로 그런 걸 하기라도 했나요?"

"글쎄. 어떨까?"

"설마 하던 반응인데요?! 부정하는 말이 안 돌아오잖아요?! 이거 혹시, 혹시 그건가요?!"

갑자기 이마에 땀이 맺힌 로즈리아가 시체로 변한 에린과 얼굴을 마주했다.

어째서 함정에 빠뜨린 인간이 자기 말로 의심암귀에 빠지는 건데.

자승자박이란 이런 상황을 뜻하나 보다.

"어쩌죠?! 어쩌죠?! 이게 소문으로 듣던 네토라레라는 건가요?! 네토라레를 하는 건 몇 번 저지른 적이 있는데, 당하는 건 처음인데요?! 어떻게 해야 하죠?! 이 조여드는 가슴은?!"

"무심이 되어야 해…… 잡초가 되는 거야……."

로즈리아는 완전히 자업자득이다.

그렇지만 에린은 잡초교에 권유하는 건 그만둬. 새로운 종교를 만들지 마.

애초에 파티 안에 잡초는 두 명이나 필요 없어.

"괴로울 때는 잡초가 되면 되는 거였어……?!"

소피도 깨달았다는 표정을 짓지 말라고.

소피는 언뜻 봐서는 뭔가 종교에 잘 빠질 것 같은 타입의 인간이란 말이지. 불행 체질이고, 타인에 대한 의존도가 높은 구석이 있으니까.

"지금부터라도 레이파 님에게 돌아가는 게 낫지 않을까?"

잡초교의 교주로 군림하는 에린과 그걸 숭배하기 시작한 로즈리아를 바라보면서 물었다.

외부인이 아닌 내 눈으로 봐도 이런 괴상한 광경을 만들고 있는 파티에 들어가고 싶지 않았다.

그러나 소피는 고개를 가로젓더니—.

"아니, 여기가 좋아."

솔직하게 미소 지었다.

그 웃음은 무척이나 아름다워서—.

"시대는 잡초니까."

"……이봐."

태클을 걸지 않을 수 없었다.

【소피 딘라크】

이명	———
장비	레이피어
소속	어라이버즈(도달하는 자)

배틀 스타일 | 기사

스킬

【고위 감정】
레어도 : SR　소비 슬롯 : 1
효과 : 시야에 비친 몬스터나 물질의 정보를 읽을 수 있다.
또한, 타인이 가진 스킬을 알 수도 있다.

【철벽】
레어도 : SR　소비 슬롯 : 1
효과 : 육체 내구력을 대폭 상승시킨다.

【흙 정령의 가호】
레어도 : R　소비 슬롯 : 1
효과 : 대지 속성의 정령술을 쓸 수 있게 된다.

스펠 & 아츠

《수성의(프론테) 정령, 대지를(티에라) 사용해, 감옥을(카르셀) 생성》…
대지계 구속형 정령술. 수성의(프론테) 정령의 힘을 빌려 대상을 바위 감옥에 가두는 스펠. 술자의 역량에 따라 구속할 수 있는 숫자나 범위가 변화한다.

《수성의(프론테) 정령, 대지를(티에라) 사용해, 감옥을(필라) 생성》…
대지계 보조형 정령술. 수성의(프론테) 정령의 힘을 빌려 바위 기둥을 생성하는 스펠. 공격이나 방어만이 아니라 발판으로도 이용할 수 있는 등 범용성이 높다.

《수성의(프론테) 정령, 대지를(티에라) 사용해, 벽을(파레드) 생성》…
대지계 방어형 정령술. 수성의(프론테) 정령의 힘을 빌려 흙벽을 생성하는 스펠. 흙벽의 전개는 방어에 이용하는 경우가 많다.

《육연 자돌》… 고속으로 6연속 찌르기를 날리는 기사의 배틀 스타일 아츠. 사용자의 능력에 따라 펼치는 찌르기의 숫자가 변화한다. 5연격까지밖에 쓸 수 없는 경우는 《오연 자돌》이 된다.

■작가 후기

여러분, 오랜만입니다. 카모노 우동입니다.

이번 작품도 길게 이어져서 벌써 7권이 되었네요. 자, 그럼. 일곱 번째가 된 이 후기 말입니다만, 실은 지금까지 써온 테마 같은 게 있습니다.

모처럼 이렇게 라이트노벨을 출판하는 기회를 받았으니까, 지금까지 자신이 알지 못했던 라이트노벨의 내부 사정을 최대한 여러분에게 보여주고자 이 공간에서 문장을 쓰고 있었습니다. (정말로?)

진위는 넘어가더라도, 이번에는 라이트노벨이 생기는 과정에 관해서 이야기해 보려고 합니다.

라이트노벨은 먼저 제가 얼추 이야기를 다 쓰고 나서 편집자님에게 보여드리게 됩니다. 거기서 수정할 점 등을 거론하고, 수정이 끝나면 다음은 교정자님에게 보냅니다.

이 타이밍에 일러스트레이터님에게 삽화 의뢰를 하고, 교정자님이 초고를 받아 문장을 수정하고, 후기 부분을 쓰고, 다시 교정자님에게 보내게 됩니다.

그리고 재고가 나온 뒤에 일러스트가 오게 되고, 표지 디자인이 정해지고, 점포 특전 SS를 쓰거나 하기도 합니다.

길어졌습니다만 요컨대 무슨 말을 하고 싶으냐 하면, 이 후기를 쓰고 있는 건 언제나 일러스트가 완성되기 이전이란 말이죠.

지금까지 시즈키 씨에 대한 감사 코멘트를 쓰고 있었습니다만, 실은 완성된 일러스트를 보지 못한 채 공상으로 보충하며 절찬하고 있었던 겁니다.

그리고 완성된 일러스트를 나중에 보고 「칭찬이 완전 부족했어」라든가 「이 점을 좀 더 칭찬해야 했어」라며 후회하는 나날을 보냈습니다.

물론 이건 라이트노벨의 공정상 어쩔 수 없는 일이며, 누가 잘못한 것도 아닙니다.

하지만 미묘하게 켕기는 마음이 들기도 했기에, 이런 이야기를 예전에 편집자 소야마 씨와 시즈키 씨가 있는 곳에서 한 적이 있습니다.

그러자 소야마 씨가 「말해주시면 나중에 문장을 끼워 넣는 정도는 가능한데요」라고 간단히 말씀해 주시는 게 아닙니까. 가능했던 거냐고!

제가 오랜 시간 품고 있던 고민은 완전히 헛수고였던 겁니다.

그런고로, 다음 줄부터는 일러스트 완성 뒤에 끼워 넣은 부분입니다.

이야~, 이번에도 일러스트 최고였네요. 우선 표지! 대체 뭔가요?! 이 구도?! 노트가 거꾸로 나온 게 멋있고, 미야의 건방진 웃음도 좋아요! 우상단에 있는 소피와 레이파의 긴박한 표정도 절묘합니다. 그리고 컬러 삽화 첫 번째! 밤의 분위기도 생각한 그대로라고나 할까, 그 이상이라 굉장히 아름다웠습니다. 두 번째로— 앗, 공간이 없어! 다음에는 끼워 넣는 부분을 다섯 줄 이상 준비하기로 하겠습니다…….

카모노 우동

꽝 스킬 [지도화]를 손에 넣은 소년은 최강 파티와 함께
던전에 도전한다 7

초판 1쇄 발행 2025년 10월 10일

지은이_ Udon Kamono
일러스트_ Hitomi Shizuki
옮긴이_ 이경인

발행인_ 최원영
본부장_ 장혜경
편집장_ 김승신
편집진행_ 권세라 · 최혁수 · 김경민 · 최정민
편집디자인_ 양우연
국제업무_ 박진해 · 조은지 · 남궁명일
관리 · 영업_ 김민원 · 조은걸

펴낸곳_ (주)디앤씨미디어
등록_ 2002년 4월 25일 제20-260호
주소_ 서울특별시 구로구 디지털로32길 30 코오롱디지털타워빌란트 1301-1308호
전화_ 02-333-2513(대표)
팩시밀리_ 02-333-2514
이메일_ lnovellove@naver.com
L노벨 공식 카페_ http://cafe.naver.com/lnovel11

ISBN 979-11-278-8434-5 04830
ISBN 979-11-278-5307-5 (세트)

값 8,500원

의매생활 1~10권

미카와 고스트 지음 | Hiten 일러스트 | 박경용 옮김

고교생 아사무라 유우타는 부모의 재혼을 계기로,
학년 제일의 미소녀 아야세 사키와 남매로서 한 지붕 아래 살게 됐다.
너무 다가가지 않고, 대립하지도 않으며, 적절한 거리감을 유지하자고 약속한 두 사람.
가족의 애정에 굶주린 고독 속에서 노력을 거듭해왔기에
다른 사람에게 어리광 부리는 방법을 모르는 사키와,
그녀의 오빠로서 어떻게 대해야 할지 몰라 당황하는 유우타.
어쩐지 닮은 구석이 있는 두 사람은,
같이 생활하면서 차츰 편안함을 느끼게 되는데…….
이것은 언젠가 사랑에 빠질지도 모르는 이야기.

완전한 남이었던 남녀의 관계가 조금씩 가까워지며
천천히 변해가는 나날을 적은, 연애 생활 소설.

NOVEL